Amara Lakhous was born in Algiers in 1970. His first novel, *Le cimici e il pirata* (Bedbugs and the Pirate), was published in 1999. *Clash of Civilizations Over an Elevator in Piazza Vittorio*, winner of Italy's prestigious Flaiano prize, is Lakhous's English-language debut. He is also the author of *Divorce Islamic Style* (2012), *Dispute Over a Very Italian Piglet* (2014), and *The Prank of the Good Little Virgin* (2016), all published by Europa Editions.

Ann Goldstein has translated into English all of Elena Ferrante's books, including the *New York Times* bestseller, *The Story of the Lost Child*, which was shortlisted for the MAN Booker International Prize. She has been honored with a Guggenheim Fellowship and is a recipient of the PEN Renato Poggioli Translation Award. She lives in New York.

ALSO BY

AMARA LAKHOUS

Divorce Islamic Style

CLASH OF CIVILIZATIONS OVER AN ELEVATOR IN PIAZZA VITTORIO

Amara Lakhous

CLASH OF CIVILIZATIONS OVER AN ELEVATOR IN PIAZZA VITTORIO

Translated from the Italian
by Ann Goldstein

Europa Editions
1 Penn Plaza, Suite 6282
New York, N.Y. 10019
www.europaeditions.com
info@europaeditions.com

This book is a work of fiction. Any references to historical events, real people, or real locales are used fictitiously.

First Publication 2008 by Europa Editions
This edition, 2021 by Europa Editions

Translation by Ann Goldstein
Original title: *Scontro di civiltà per un ascensore a piazza Vittorio*

Library of Congress Cataloging in Publication Data is available
ISBN 978-1-60945-722-8

Lakhous, Amara
Clash of Civilizations Over an Elevator in Piazza Vittorio

Book design by Emanuele Ragnisco
www.mekkanografici.com

Cover illustration by Chiara Carrer

Prepress by Grafica Punto Print – Rome

Printed in the USA

For Roberto De Angelis
With affection and gratitude

A Roberto De Angelis
con affetto e riconoscenza

– Vuoi un po' di pazienza?
– No!
Perché l'uomo del sud, signore mio, desidera essere quello che non è stato, desidera incontrare due cose: la verità e il volto degli assenti.

L'uomo del sud
AMAL DONKOL (1940-1983)

«La verità è nel fondo di un pozzo: lei guarda in un pozzo e vede il sole o la luna; ma se si butta giù non c'è più né sole né luna, c'è la verità».

Il giorno della civetta
LEONARDO SCIASCIA (1921-1989)

«La gente felice non ha né età né memoria, non ha bisogno del passato».

L'invenzione del deserto
TAHAR DJAOUT (1954-1993)

"Can't you have a little patience?"
"No!"
Because the southerner, my dear sir, wants to be what he was not, wants to encounter two things: the truth, and the faces of those who are absent."

The Southerner
AMAL DONKOL (1940-83)

The truth is at the bottom of a well: look into a well and you see the sun or the moon; but throw yourself down and there is neither sun nor moon, there is the truth.

The Day of the Owl
LEONARDO SCIASCIA (1921-89)

Happy people have neither age nor memory, they have no need of the past.

The Invention of the Desert
TAHAR DJAOUT (1954-93)

INDICE

CONTENTS

La verità di Parviz Mansoor Samadi

Qualche giorno fa, non erano nemmeno le otto di mattina, seduto su un sedile della metropolitana, stropicciandomi gli occhi e lottando contro il sonno a causa di quel risveglio così mattiniero, ho visto una ragazza italiana che divorava una pizza grande come un ombrello. Mi è venuta la nausea e per poco non vomitavo! Grazie a Dio è scesa alla fermata successiva. Davvero una scena insopportabile! La legge dovrebbe punire chi si permette di turbare la tranquillità dei buoni cittadini che vanno al lavoro la mattina e tornano a casa la sera. Il danno provocato da chi mangia pizza in metropolitana supera di molto quello causato dalle sigarette. Spero che le autorità competenti non sottovalutino questa delicata questione e procedano immediatamente ad affiggere cartelli del tipo "Proibito mangiare pizza", accanto a quelli che campeggiano all'ingresso delle gallerie della metro con la scritta "Vietato fumare!". Vorrei capire come fanno gli italiani a divorare una impressionante quantità di pasta mattina e sera.

Il mio odio per la pizza non ha paragoni, ma questo non significa che io odii tutte le persone che la mangiano. Vorrei che le cose fossero chiare fin dall'inizio: non ho nessun odio verso gli italiani.

Non sto dicendo cose fuori luogo, anzi, parlo proprio di Amedeo. Vi prego di avere pazienza nei miei confronti. Come sapete, Amedeo è il mio unico amico a Roma, anzi, è più di

The Truth According to Parviz Mansoor Samadi

A few days ago—it was barely eight o'clock in the morning—sitting in the metro, rubbing my eyes and fighting sleep because I'd woken up so early, I saw an Italian girl devouring a pizza as big as an umbrella. I felt so sick to my stomach I almost threw up. Thank goodness she got out at the next stop. It was really a disgusting sight! The law should punish people who feel free to disturb the peace of good citizens going to work in the morning and home at night. The damage caused by people eating pizza in the metro is a lot worse than the damage caused by cigarettes. I hope that the proper authorities do not underestimate this sensitive issue and will proceed immediately to put up signs like "Pizza Eating Prohibited," next to the ones that are so prominent at the metro entrances saying "No Smoking!" I would just like to know how Italians manage to consume such a ridiculous amount of dough morning and evening.

My hatred for pizza is beyond compare, but that doesn't mean that I hate everyone who eats it. I'd like things to be clear right from the start: I don't hate the Italians.

What I'm saying is not beside the point—far from it. I really am talking about Amedeo. Please be patient with me. As you know, Amedeo is my only friend in Rome, in fact he's more than a friend—it's no exaggeration to say that I love him the way I love my brother Abbas. I really love Amedeo,

un amico, e non esagero se dico che gli voglio bene come a mio fratello Abbas. Amo molto Amedeo, nonostante sia un pizzadipendente. Come vedete, il mio odio per la pizza non deriva da una mia ostilità verso gli italiani.

In effetti, non ha alcuna importanza che Amedeo sia italiano o no. La mia preoccupazione è di evitare a tutti i costi le conseguenze dovute alla mia avversione alla pizza. Per esempio, qualche settimana fa mi hanno licenziato dal posto di lavapiatti in un ristorante vicino a piazza Navona quando hanno scoperto casualmente che odiavo la pizza. Figli di puttana. Dopo questo scandalo c'è ancora chi sostiene che la libertà di gusto, di espressione, di fede e la democrazia sono garantite in questo paese! Vorrei sapere: la legge punisce chi odia la pizza? Se la risposta è sì, siamo di fronte a un vero scandalo, se è no, allora io ho tutti i diritti di essere risarcito.

Non abbiate fretta. Permettetemi di dirvi che il vostro grande difetto è la fretta. La vostra parola d'ordine si chiama impazienza. Bevete il caffè come il cowboy il suo whisky! Il caffè è come il tè, bisogna evitare di ingoiarlo tutto d'un fiato, va sorseggiato. Amedeo è come un tè caldo in un giorno freddo. Anzi, Amedeo è proprio come la frutta che si gusta alla fine dei pasti, dopo aver mangiato la bruschetta al pomodoro o alle olive, poi il famoso primo che riunisce tutte le diverse paste che io proprio non sopporto, come gli spaghetti e compagnia bella (ravioli, fettuccine, lasagne, fusilli, orecchiette, rigatoni ecc.) e infine i secondi piatti di carne e pesce con contorni di verdure. Tutte cose che ho imparato a conoscere durante i miei lavori saltuari nei ristoranti italiani. Amo tantissimo la frutta, quindi non c'è da meravigliarsi per il paragone tra Amedeo e la frutta. Diciamo che Amedeo è buono e dolce come l'uva. Com'è buono il succo d'uva!

È inutile insistere con questa domanda: Amedeo è italiano? Qualsiasi risposta non risolverà il problema. Ma poi chi

even though he's a pizza addict. As you see, my hatred for pizza doesn't come from hostility toward Italians.

In fact, it's not important whether Amedeo is Italian or not. My concern is to avoid at all costs the consequences of my aversion to pizza. For example, a few weeks ago I was fired from my job as a dishwasher in a restaurant near Piazza Navona when the owner happened to find out that I hate pizza. Bastards. An outrage like that, and there are still people who maintain that freedom of taste, expression, and religion, not to mention democracy, are guaranteed in this country! I would like to know: does the law punish pizza-haters? If the answer is yes, we've got a real scandal here; if the answer is no, then I am entitled to compensation.

Don't be in such a hurry. Allow me to tell you that your biggest failing is hurry. Your watchword is impatience. You drink coffee the way cowboys drink whiskey. Coffee is like tea, you should avoid gulping it down—it should be sipped. Amedeo is like hot tea on a cold day. No, Amedeo is like the taste of fruit at the end of a meal, after you've had bruschetta with tomatoes or olives, then the notorious first course, which includes all those different pastas I can't stand, like spaghetti and company (ravioli, fettuccine, lasagna, fusilli, orecchiette, rigatoni, and so on), and finally the second course, of meat or fish with side dishes of vegetables. All things I've gotten to know from my occasional jobs in Italian restaurants. I really love fruit, so don't be surprised if I compare Amedeo to fruit. Let's say Amedeo is as sweet as a grape. The juice of the grape is so good!

It's pointless to persist with this question: is Amedeo Italian? Whatever the answer is, it won't solve the problem. But then who is Italian? Only someone who was born in Italy, has an Italian passport and identity card, knows the language, has an Italian name, and lives in Italy? As you see,

è italiano? Chi è nato in Italia, ha passaporto italiano, carta d'identità, conosce bene la lingua, porta un nome italiano e risiede in Italia? Come vedete la questione è molto complessa. Non dico che Amedeo è un enigma. Piuttosto è come una poesia di Omar Khayyam, ti ci vuole una vita per comprenderne il significato, e solo allora il cuore si aprirà al mondo e le lacrime ti riscalderanno le guance fredde. Adesso, almeno, vi basti sapere che Amedeo conosce l'italiano meglio di milioni di italiani sparsi come cavallette ai quattro angoli del mondo. Non sono ubriaco. Non volevo offendervi.

Non disprezzo la cavalletta, anzi, la rispetto perché si procura il cibo con dignità, senza contare su nessuno. Poi mica è colpa mia se gli italiani amano viaggiare ed emigrare. Ancora oggi mi meraviglio ogni volta che ascolto i discorsi di alcuni politici italiani nei notiziari e nelle trasmissioni televisive. Prendiamo l'esempio di Roberto Bossosso.

Non sapete chi è Roberto Bossosso? È il leader del partito Forza Nord che considera nemici gli immigrati musulmani! Ogni volta che sento la sua voce mi assale il dubbio, perplesso mi guardo in giro e chiedo al primo che incontro: «Ma la lingua che parla Bossosso è davvero italiano?». Finora non ho ricevuto risposte convincenti. Spesso mi dicono: «Tu non sai l'italiano», oppure: «Prima devi perfezionare la lingua», oppure: «Spiacente, il tuo italiano è molto scarso». Di solito sento queste frasi velenose quando cerco lavoro nei ristoranti come cuoco e alla fine mi sbattono in cucina a lavare i piatti. «Sembra che l'unica cosa che sai fare, caro Parviz, sia lavare i piatti!». A Stefania piace provocarmi e prendermi in giro così. Non c'è dubbio che sia rimasta delusa da me, visto che è stata la prima a insegnarmi l'italiano, o per essere più precisi ha tentato di insegnarmelo. Io non sono Amedeo, questo è chiaro come la stella nel cielo sereno di Shiraz. Però mi dispiace dirvi che non sono l'unico che non conosce l'italiano in questo

the question is very complicated. I'm not saying that Amedeo is an enigma. Rather, he's like a poem by Omar Khayyam: you need a lifetime to understand its meaning, and only then will your heart open to the world and tears warm your cold cheeks. Now, at least, it's enough for you to know that Amedeo knows Italian better than millions of Italians scattered like locusts to the four corners of the earth. I'm not drunk. I didn't mean to offend you.

I don't despise locusts; in fact, I respect them, because they procure their food with dignity—they don't count on anyone. And then it's certainly not my fault if the Italians like to travel and to emigrate. Even today I'm amazed when I hear speeches by certain Italian politicians on the news and on television programs. Take, for example, Roberto Bossosso.

You don't know who Roberto Bossosso is? He's the leader of the Forza Nord party, which considers all Muslim immigrants enemies. Every time I hear his voice, I'm assailed by doubts; I look around in bewilderment and ask the first person I see, "That language Bossosso speaks—is that really Italian?" Up to now I haven't gotten any satisfactory answers. Often people will say to me: "You don't know Italian," or "First, you have to learn the language better," or "Sorry, but your Italian is very poor." Usually I hear these poisonous phrases when I'm looking for work as a restaurant cook and in the end they shunt me into the kitchen to wash dishes. "It seems that the only thing you know how to do, dear Parviz, is wash dishes!" Stefania likes to provoke me and tease me like that. There's no question that she's disappointed in me, since she was the first person who taught me Italian, or, to be more precise, tried to teach me. I'm not Amedeo, that's as clear as a star in the peaceful sky of Shiraz. But I'm sorry to inform you that I'm not the only one who

paese. Ho lavorato nei ristoranti di Roma con molti giovani napoletani, calabresi, sardi, siciliani, e ho scoperto che il nostro livello linguistico è quasi lo stesso. Mario, il cuoco del ristorante della stazione Termini, non aveva torto quando diceva: «Ricordati, Parviz, siamo tutti stranieri in questa città!». Non ho mai visto in vita mia uno come Mario; beve vino proprio come fosse acqua, non gli fa nessun effetto.

D'accordo, vi parlerò di Mario il Napoletano in un'altra occasione. Adesso volete sapere tutto su Amedeo, e cioè iniziare la cena direttamente con il dessert? Fate pure. Il cliente è re. Ricordo ancora la prima volta che l'ho visto. Era seduto su uno dei banchi della prima fila vicino alla lavagna. Mi sono avvicinato, c'era un posto libero vicino al suo, gli ho sorriso e mi sono seduto accanto a lui dopo avergli detto l'unica parola italiana che conoscevo: «Ciao!». Questa parola è molto utile, si pronuncia sia quando ci si incontra che quando ci si lascia. Esiste un'altra parola altrettanto importante: cazzo. Si utilizza per esprimere rabbia e per calmare i nervi, e non è monopolio maschile. Anche Benedetta, la vecchia portiera, la usa spesso senza pudore. A proposito, la vecchia Benedetta è la portiera del palazzo dove vive Amedeo a piazza Vittorio. Questa maledetta ha il vizio di nascondersi dietro l'ascensore, pronta a litigare con qualsiasi persona voglia usarlo. Io adoro l'ascensore, lo uso non per pigrizia ma per meditare. Premi il pulsante senza nessuno sforzo, vai su o scendi giù, potrebbe guastarsi mentre sei dentro. È esattamente come la vita, piena di guasti. Ora sei su, ora sei giù. Ero su... in paradiso... a Shiraz, felice con mia moglie e i miei figli, mentre adesso sono giù... nell'inferno, soffro di nostalgia. L'ascensore è uno strumento di meditazione. Come vi ho detto, sono abituato a praticare questo passatempo: salire e scendere è un esercizio mentale come lo yoga. Sfortunatamente Benedetta mi sorveglia come una gatta liti-

doesn't know Italian in this country. I've worked in restaurants in Rome with a lot of young Neapolitans, Calabrians, and Sicilians, and I've discovered that our language level is about the same. Mario, the cook in the restaurant at the Termini station, wasn't wrong when he said: "Remember, Parviz, we're all foreigners in this city!" I've never in my life seen anyone like Mario: he drinks wine like water, and it has no effect on him.

O.K., I'll tell you about Mario the Neapolitan some other time. Now you want to know everything about Amedeo—that is, start dinner with dessert? As you wish. The customer is king. I still remember the first time I saw him. He was sitting in one of the desks in the first row near the blackboard. I approached; there was an empty seat near his, I smiled and sat down next to him after saying the only Italian word I knew—"Ciao!" This word is really helpful, you use it when you're saying hello to someone and when you're saying goodbye. There's another word that's just as important: cock. It's used to express rage and to calm down, and males don't have a monopoly on it. Even Benedetta, the old concierge, uses it all the time, without embarrassment. Speaking of which, old Benedetta is the concierge of the building where Amedeo lives, in Piazza Vittorio. This wretched woman has a nasty habit of lurking near the elevator, ready to pick a fight with anyone who wants to use it. I adore the elevator, I don't take it because I'm lazy—I meditate in it. You press the button without any effort, you go up or descend, it could even break down while you're inside. It's exactly like life, full of breakdowns. Now you're up, now you're down. I was up . . . in Paradise . . . in Shiraz, living happily with my wife and children, and now I'm down . . . in Hell, suffering from homesickness. The elevator is a tool for meditation. As I told you, it's a practice I'm used to: going up and coming down is a

giosa, e non appena metto i piedi in ascensore mi grida in faccia: «Guaglio'! Guaglio'!».

Guaglio' è la parola preferita di Benedetta. Come sapete, guaglio' vuol dire cazzo in napoletano. Così mi hanno detto tanti napoletani con cui ho lavorato. Ogni volta che mi vede andare verso l'ascensore, si mette a urlare: «Guaglio'! Guaglio'! Guaglio'!». In Iran siamo abituati a rispettare i vecchi ed evitare le parolacce. Per questo, invece di rispondere all'offesa con un'altra offesa come fanno in tanti, mi limito a una breve risposta: «Merci!». La lascio e vado via senza guardarla. A proposito, sapete che merci è una parola francese che significa grazie? Me l'ha detto Amedeo, che conosce il francese molto bene.

L'ho conosciuto a un corso gratuito di italiano per gli immigrati di piazza Vittorio. Ero appena arrivato a Roma. Amedeo era diverso dagli altri perché frequentava le lezioni di Stefania senza saltarne una. All'inizio non capivo perché tanta assiduità e tanta bravura. Però la passione è come il sole splendente e nessuno può resistere ai suoi raggi, è la migliore compagna della gioventù. C'è un proverbio persiano che dice: l'ebbrezza di gioventù è intensa come quella del vino. Qualche mese dopo Amedeo ha deciso di andare a vivere con Stefania nel suo appartamento che si affaccia sui giardini di piazza Vittorio, e inoltre ha smesso di venire a scuola perché non aveva bisogno di lezioni per principianti come ne avevo io. Ma siamo rimasti in contatto; ci incontravamo quasi tutti i giorni nel bar di Sandro per prendere un cappuccino o un tè. Sandro è una persona buona, però si arrabbia facilmente. Basta che tu gli dica: «Forza Lazio!» per farlo incazzare, invece se sei un romanista ti tratta come un amico di lunga data. Una volta mi ha chiesto se esistono tifosi romanisti in Iran, io per non deluderlo gli ho risposto: «Certo», allora lui mi ha abbracciato.

Ovviamente ci vedevamo anche a casa sua. Sono molto

mental exercise like yoga. Unfortunately Benedetta watches me like a cantankerous cat, and as soon as I set foot in the elevator she yells at me: "*Guaglio'! Guaglio'!*"[1]

"*Guaglio'*" is Benedetta's favorite word. As you know, *guaglio'* means "fuck" in Neapolitan. At least, that's what a lot of Neapolitans I've worked with have told me. Every time she sees me head for the elevator she starts shouting, "*Guaglio'! Guaglio'! Guaglio'!*" In Iran, it's customary to show respect for old people and avoid bad words. That's why, instead of answering the insult with another insult, I confine myself to a brief response: "*Merci!*" I leave and go away without looking at her. By the way, you know that *merci* is a French word that means "thank you"? Amedeo told me, he knows French well.

I met him at a free Italian class for immigrants in Piazza Vittorio. I had just arrived in Rome. Amedeo was different from the others because he went to all of Stefania's classes, he didn't miss a single one. At first I didn't understand why he was so diligent and so good. But passion is like the shining sun and no one can resist its rays, passion is youth's best friend. There's a Persian proverb that goes: youth is as intoxicating as wine. A few months later Amedeo decided to go and live with Stefania in her apartment, which overlooks the gardens of Piazza Vittorio, and he also stopped coming to school, since he didn't need lessons for beginners, the way I did. But we stayed in touch; we met almost every day at Sandro's bar to have a cappuccino or a cup of tea. Sandro is a nice man, but he gets mad easily. All you have to say is "Go Lazio!" to make him furious, whereas if you're a fan of the Rome team he treats you like an old friend. Once he asked me if there were any Rome fans in Iran, and not to disappoint him I said, "Of course," and then he hugged me.

Obviously I also saw Amedeo at his house. I'm very fond

affezionato alla sua piccola cucina. È l'unico spazio che dia tranquillità al mio cuore ferito. Quando ricordo i miei bambini: Shadi, Said, Surab, Omar e mia moglie Zeinab mi rattristo molto. Dove saranno adesso? Staranno vagando chissà dove. Vorrei baciarli e abbracciarli tutti. Solo le lacrime e queste bottiglie di Chianti spengono il fuoco della nostalgia. Piango molto e bevo ancora di più per dimenticare le disgrazie che mi sono capitate. Ho preso l'abitudine di sedermi tutti i giorni vicino alla fontana di fronte all'ingresso della chiesa di Santa Maria Maggiore per dare il mangime ai piccioni o per piangere. Nessuno può togliermi il Chianti dalle mani, tranne Amedeo, l'unico che osi tirarmi fuori dall'inferno della tristezza. Si siede accanto a me in silenzio, mi lascia piangere e bere per pochi minuti, poi improvvisamente si alza come morso da un serpente e mi dice con voce confusa: «Mio Dio, siamo in ritardo! Dobbiamo preparare da mangiare, oggi è la festa di Stefania. Te lo sei scordato, Parviz?». Ripete sempre le stesse parole, allo stesso modo e con la stessa serietà. Io lo guardo e rido fino all'esaurimento, la risata mi aiuta a respirare. Nel frattempo Amedeo mi stordisce di barzellette così esilaranti che ridiamo come pazzi di fronte ai turisti. Prima di andare a casa sua passiamo da Iqbal il bengalese a piazza Vittorio per comprare il necessario per la festa: riso, pollo, spezie, frutta, birra e vino. Dopo aver fatto una doccia mi cambio, ed ecco Amedeo che mi apre la porta della cucina: «Benvenuto nel tuo regno, Shahrayar, grande sultano della Persia!». Chiude la porta e mi lascia da solo per molte ore. Mi metto subito a preparare i vari piatti iraniani, come il ghormeh sabzi e il kabab kubideh, i kashk badinjan e i kateh. Gli odori che riempiono la cucina mi fanno dimenticare la realtà e mi sembra di essere tornato nella mia cucina a Shiraz. Dopo un po' il profumo delle spezie si trasforma in incenso, ed è questo che mi fa ballare e cantare come un derviscio, ahi ahi ahi... Così in pochi minuti

of his small kitchen. It's the only place that brings solace to my aching heart. When I think of my children, Shadi, Said, Surab, and Omar, and my wife, Zeinab, I get very sad. Where are they now? Wandering, I suppose, God knows where. How I wish I could kiss them and hug them. Only tears and these bottles of Chianti put out the fires of longing. I cry a lot and I drink even more, to forget my ordeals. I got into the habit of going every day to sit near the fountain across from the entrance to the church of Santa Maria Maggiore to feed the pigeons and cry. No one can take the Chianti away from me except Amedeo, he's the only one who dares pull me out of the hell of my grief. He sits beside me in silence, lets me cry and drink for a few minutes, then suddenly he gets up as if a snake had bitten him, and says to me in a tone of confusion: "My God, we're late! We have to make dinner, Stefania's having a party. Did you forget, Parviz?" He always says the same words, in the same way, with the same seriousness. I look at him and laugh until I'm exhausted, laughing helps me breathe. In the meantime Amedeo confounds me with jokes so hilarious that we laugh like lunatics in front of the tourists. Before we go to his house we stop at Iqbal the Bangladeshi's shop in Piazza Vittorio to buy what we need for the party: rice, chicken, spices, fruit, beer, and wine. I take a shower and change, and there is Amedeo opening the kitchen door: "Welcome to your kingdom, Shahryar, great sultan of Persia!" He closes the door and leaves me alone for hours. I immediately start preparing Iranian dishes, like *gormeh sabzi* and *kubideh kebab*, *kashk badenjan* and *kateh*. The odors that fill the kitchen make me forget reality and I imagine that I've returned to my kitchen in Shiraz. After a while the perfume of the spices is transformed into incense, and this makes me dance and sing like a dervish, ahi, ahi, ahi . . . In a few minutes the kitchen is in

la cucina si trasforma in una trance sufi. Quando finisco di cucinare apro la porta e trovo gli ospiti ad aspettarmi nel salotto. In quel momento inizia la festa.

Ognuno di noi ha un luogo dove si trova a suo agio. C'è chi si trova bene in una chiesa, in una moschea, in un santuario, in un cinema, in uno stadio oppure in un mercato. Io mi trovo bene in cucina. E non c'è da meravigliarsene, perché sono un bravo cuoco. Ho imparato il mestiere tramandato da mio nonno a mio padre. Non sono un lavapiatti, come si dice di me nei ristoranti di Roma. A Shiraz avevo un bel ristorante. Maledetto chi mi ha rovinato, in un batter d'occhio ho perso tutto: famiglia, casa, ristorante, soldi. Mi è stato detto molte volte: «Se vuoi lavorare come cuoco in Italia devi imparare i segreti della cucina italiana». Che ci posso fare se non sopporto la pizza, gli spaghetti e compagnia bella? E poi è inutile imparare la cucina italiana, perché non rimarrò molto a Roma. Tra poco tornerò a Shiraz. Ne sono certo.

Mi chiedo perché le autorità italiane continuino a negare quello che tutti i medici onesti sanno: la pasta fa ingrassare e causa l'obesità. Il grasso inizia piano piano a ostruire le vene finché il povero cuore non cessa di battere. È accaduto anche a Elvis. Vi ricordate quanto era magro e bello quando cantava *Baba bluma bib bab a blue*... In quel periodo mangiava riso tutti i giorni, ma sfortunatamente si abituò alla pizza che gli arrivava dai ristoranti italiani di Hollywood perché non aveva il tempo di cucinare e sedersi a tavola. Il povero Elvis aveva troppi impegni, e il risultato fu che divenne in poco tempo grosso come un elefante e morì per il grasso che gli sommerse il cuore, i polmoni, gli occhi, tutto il corpo. Nessuno può contenere il diluvio del grasso. Ho consigliato più volte alla colf Maria Cristina di evitare la pasta. Quando l'ho conosciuta due anni fa era magra anche lei, poi si è abituata agli spaghetti e si è gonfiata come una mongolfiera. Una

a Sufi trance. When I finish cooking I open the door and find the guests waiting for me in the living room. Then the party begins.

Each of us has a place where we feel comfortable. For some it's a church, for some a mosque, a sanctuary, a movie theater, a stadium, a market. I feel comfortable in a kitchen. And it's not that surprising, because I'm a good cook. It's a skill that was handed down to me from my grandfather and my father. I'm not a dishwasher, as they say in the restaurants of Rome. In Shiraz I had a good restaurant. Damn those bastards who ruined me, in the blink of an eye I lost everything: family, house, restaurant, money. People keep telling me: "If you want to work as a chef in Italy you have to learn the secrets of Italian cooking." What can I do if I can't bear pizza and spaghetti and company? Anyway, it's pointless to learn Italian cooking. Soon I'm going back to Shiraz. I know I am.

I wonder why the Italian authorities continue to deny what all honest doctors know: pasta makes people fat, and causes obesity. The fat gradually starts to block the arteries until the poor heart stops beating. It even happened to Elvis. You remember how thin and handsome he was when he sang "*Baba bluma bib bab a blue . . .*" In those days, he ate rice every day, but then, unfortunately, he got used to pizza that he ordered in from the Italian restaurants in Hollywood, because he didn't have time to cook, to sit down at the table and eat. Poor Elvis had too many commitments, and the result was that in a short time he got as fat as an elephant and died—the fat saturated his heart, his lungs, his eyes, his whole body. No one can contain that deluge of fat. I've warned Maria Cristina, the home health aide, not to eat pasta. When I met her two years ago, she was thin, too, then she got used to spaghetti and blew up like a hot-air balloon.

volta le ho detto: «Perché hai abbandonato le tue origini visto che il riso è il cibo preferito dai filippini?». Povera Maria Cristina, recentemente hanno deciso di vietarle di usare l'ascensore per timore che si guasti. «Il tuo peso supera quello di tre persone», così hanno giustificato la sua esclusione. E allora perché il ministero della Sanità non aggiunge sulle etichette delle confezioni di pasta le parole "Nuoce gravemente alla salute"?

Amedeo è come un bel porto da cui partiamo e a cui torniamo sempre. Quando mi mandano via dal lavoro mi ritrovo come un naufrago, e solo Amedeo mi dà una mano. Mi dice sempre: «Non ti preoccupare, Parviz, vieni, diamo un'occhiata a *Porta Portese*». E così ci sediamo nel bar di Sandro. Amedeo apre il giornale e con una crocetta evidenzia gli annunci importanti, poi andiamo a casa sua per fare le telefonate. Lo guardo stupito come un bambino davanti all'arcobaleno. Amedeo è meraviglioso. Lo ascolto mentre parla nel suo italiano elegante. Dopo qualche telefonata prende il *Tuttocittà* e dà un'occhiata veloce alle pagine per assicurarsi dell'esattezza dei nomi delle strade, scrive qualche appunto sul suo taccuino e poi mi guarda e dice: «I ristoranti di Roma ti stanno aspettando, signor Parviz!». Andiamo insieme a incontrare i proprietari dei ristoranti, e ovviamente io rimango zitto e Amedeo parla al mio posto. Com'è convincente, fantastico! Molto spesso inizio a lavorare lo stesso giorno come aiuto cuoco, anche se vengo scaraventato a lavare i piatti nei giorni seguenti. Mi riesce difficile accettare gli ordini in cucina. Io odio fare l'aiuto cuoco, anzi, preferisco lavare i piatti e sopportare il dolore alla schiena e le piccole artrosi piuttosto che accettare ordini: «Parviz, sbuccia la cipolla!», «Parviz, metti l'acqua a scaldare!», «Parviz, prepara la pasta!», «Parviz, prendi la carota dal frigorifero!», «Parviz, controlla gli spaghetti!», «Parviz, lava la frutta!», «Parviz, pulisci il pesce!».

Once I said to her, "Why have you abandoned your roots—isn't rice the favorite food of Filipinos?" Poor Maria Cristina, recently they decided to forbid her to use the elevator, out of fear she'd break it. "You weigh more than three people put together"—that's how they justified keeping her out. So why doesn't the ministry of health add to the labels of pasta packages the words "Seriously hazardous to your health"?

Amedeo is like a beautiful harbor from which we depart and to which we always return. When I'm sacked from a job I'm like a person who's been shipwrecked, and Amedeo's the only one who helps me out. He always says to me: "Don't worry, Parviz, come on, let's have a look at *Porta Portese*." And so we sit in Sandro's bar. Amedeo opens the paper and marks the important ads with a little x, then we go to his house to make the phone calls. I stare at him in astonishment, like a child looking at a rainbow. Amedeo is amazing. I listen to him speaking his elegant Italian. After a few phone calls he takes the *TuttoCittà*, the city guide, and glances at the pages to be sure of the exact street names, makes some notes in his notebook, and then looks at me and says, "The restaurants of Rome await you, Signor Parviz!" We go together to see the restaurant owners, and obviously I say nothing—I let Amedeo speak for me. He's so convincing, fantastic! Very often I start work that same day as an assistant cook, even if a few days later I'm packed off to wash dishes. It's hard for me to take orders in the kitchen. I hate being assistant cook, I prefer to wash dishes and put up with the pain in my back and a bit of arthritis rather than take orders: "Parvis, peel the onion!" "Parvis, put the water on!," "Parviz, prepare the pasta!," "Parviz, get the carrots from the refrigerator!," "Parviz, check the spaghetti!," "Parviz, wash the fruit!," "Parviz, clean the fish!" For me the

Per me la cucina è proprio come una nave. Parviz Mansoor Samadi non mette piede su una nave se non è lui a comandare, questa è la verità. Amedeo mi accompagna sempre nelle trafile burocratiche, come rinnovare il permesso di soggiorno, sbrigare pratiche amministrative... Quando andavo da solo negli uffici del Comune perdevo facilmente il controllo, mi mettevo a gridare, e ogni volta mi cacciavano come un cane rognoso. Mi sentivo gridare dietro frasi come: «Se torni qui un'altra volta chiamiamo la polizia!». Non so perché minacciano sempre di chiamare la polizia!

Dov'è adesso? Chi lo sa. Tutto quello che so è che Amedeo lascerà un vuoto spaventoso nelle nostre vite. Anzi, non posso immaginare Roma senza Amedeo. Ricordo ancora quel maledetto giorno nella questura di via Genova, dove ero andato a ritirare la risposta dell'Alto Commissariato per i Rifugiati. Le parole dell'ispettore di polizia mi avevano scioccato: «La tua richiesta è stata rifiutata, non ti rimane che fare ricorso». Sono entrato nel primo bar che ho trovato lungo la strada, ho comprato alcune bottiglie di Chianti, non ricordo quante, e mi sono diretto verso Santa Maria Maggiore per sedermi vicino alla fontana come al solito, ma quella volta per bere e piangere. Mi aveva fatto così male che la mia richiesta fosse stata rifiutata, perché io non sono un bugiardo. Sono fuggito da Shiraz perché minacciato, se torno in Iran troverò la corda ad aspettarmi! Mi hanno preso per un truffatore e un bugiardo. Non mi è mai passato per la mente di lasciare l'Iran. Durante la guerra contro l'Iraq ho combattuto in prima linea e sono rimasto ferito più volte. E poi come avrei potuto abbandonare i miei bambini, mia moglie, la mia casa, il mio ristorante e Shiraz, se non per sfuggire alla morte! Io sono un rifugiato, non un immigrato.

Eh no! Questo è un fatto importante, ha a che fare con il mio amico Amedeo. Vi ho detto, ho pianto a lungo e ho bevuto tanto, poi mi è venuta un'idea geniale. Sono tornato

kitchen is like a ship. Parviz Mansoor Samadi doesn't set foot on a ship unless he's in command, that's the truth. Amedeo always goes with me to any administrative proceeding, like renewing my residency permit, or dealing with other bureaucratic matters . . . When I went to the city offices by myself I'd lose control at the drop of a hat, and start shouting, and they'd throw me out every time like a mangy dog. They'd yell things like "If you come back here again we'll call the police!" I don't know why they always threaten to call the police!

Where is he now? Who knows. All I know is that Amedeo will leave a terrible hole in our lives. In fact, I can't imagine Rome without Amedeo. I still remember that wretched day in the police station on Via Genova, where I had gone to pick up the decision from the High Commissioner for Refugees. The words of the police inspector shocked me: "Your petition has been rejected, all you can do is appeal." I went into the first bar I came to on the street, bought some bottles of Chianti, I don't remember how many, and headed for Santa Maria Maggiore to sit near the fountain, as usual, but that time I went to drink and weep. I was devastated that my petition had been rejected, because I'm not a liar. I fled Shiraz because I was threatened, if I go back to Iran there'll be a noose waiting for me. They took me for a fraud and a liar. But it had never crossed my mind to leave Iran. During the war against Iraq I fought in the front lines and was wounded several times. And then why would I abandon my children, my wife, my house, my restaurant, and Shiraz, except to avoid being killed! I'm a refugee, not an immigrant.

Ah no! This is an important fact, it has to do with my friend Amedeo. I told you, I wept for a long time, and I drank a lot of wine, and then I had a clever idea. I went back to the welcome center where I lived, got a needle and thread, and carried out my plan. I still remember the social worker's

subito al centro di accoglienza dove abitavo, ho preso ago e filo e ho realizzato la mia idea. Ricordo ancora le grida dell'assistente sociale: «Dio mio, Parviz si è cucito la bocca!», «Oddio mio, Parviz si è cucito la bocca!». Sono intervenuti in molti per convincermi a ritornare sui miei passi, ma io ho rifiutato. Hanno chiamato un'ambulanza, il medico ha tentato di farmi desistere, ma inutilmente. Dopo vari tentativi durati ore hanno chiamato i poliziotti, che hanno provato in tutti i modi a portarmi in ospedale. Ma io ho lottato con tutte le mie forze. Ho chiuso gli occhi e mi è sembrato di dormire vicino al mausoleo di Hafiz a Shiraz come quando ero bambino. Ho fatto uno sforzo tremendo per convincermi che tutto quello che mi stava succedendo era solo un fastidioso incubo o un delirio dovuto all'alcol. Poi ho aperto gli occhi alle grida di un poliziotto che agitava il manganello dicendo: «O vai al pronto soccorso di tua volontà o ti portiamo legato con una camicia di forza all'ospedale psichiatrico». Ho detto tra me e me: «Da qui mi muoverò solo dentro una bara». Ho chiuso gli occhi di nuovo come fossi un cadavere. A un certo punto ho sentito una mano molto calda, ho aperto gli occhi con difficoltà e ho visto di fronte a me Amedeo. Era la prima volta che lo vedevo piangere. Mi ha abbracciato come fa una mamma con il figlio che trema dal freddo perché colto di sorpresa dalla pioggia al ritorno da scuola. Ho pianto a lungo fra le sue braccia in un diluvio di lacrime. Quando ho smesso Amedeo mi ha accompagnato al pronto soccorso, dove mi hanno tolto il filo dalla bocca e ho ripreso a respirare con grande fatica. Amedeo ha insistito che quella notte la passassi a casa sua. La verità è che Amedeo è l'unico che mi vuole bene in questa città.

È impossibile! Amedeo un assassino! Non crederò mai a quello che mi dite. Io lo conosco come conosco il sapore del Chianti e del ghormeh sabzi. Sono sicuro della sua innocenza. Che c'entra Amedeo con quel delinquente che piscia

cries: "Oh my God, Parviz has sewed up his mouth!" "Oh God, Parviz has sewed up his mouth!" Many people intervened, they tried to persuade me to back down, but I refused. They called an ambulance, the doctor tried to make me stop, but it was useless. After several attempts, lasting for hours, they called the cops, who tried by every possible means to take me to the hospital. But I resisted with all my might. I closed my eyes and it seemed to me that I was sleeping near the mausoleum of Hafiz in Shiraz, the way I did as a child. I made a tremendous effort to convince myself that everything that was happening was just a bad dream or a delirium caused by alcohol. Then I opened my eyes to a policeman who was shouting and waving his club, saying: "Either you go to the emergency room on your own or we put you in a straitjacket and take you to the psychiatric ward." I said to myself, "The only way I'll move from here is inside a coffin." I closed my eyes again as if I were a corpse. At some point I felt a warm hand, and I struggled to open my eyes. In front of me I saw Amedeo. It was the first time I'd seen him cry. He embraced me the way a mother embraces her child who's trembling with cold because he was caught by surprise in the rain on the way home from school. I cried for a long time in his arms, in a flood of tears. When I stopped, Amedeo went with me to the emergency room, where they removed the thread from my mouth, and with great difficulty I started to breathe again. Amedeo insisted that I spend the night at his house. The truth is that Amedeo is the only one in this city who loves me.

It's impossible! Amedeo a murderer! I will never believe what you're telling me. I know him the way I know the taste of Chianti and *gormeh sabzi*. I'm sure he's innocent. What does Amedeo have to do with that thug who pisses in the elevator? I saw him with my own eyes, I said to him: "This is not

in ascensore? L'ho visto con i miei occhi, gli ho detto: «Questo non è mica un bagno pubblico». Mi ha guardato con odio dicendo: «Se lo dici ancora ti piscio in bocca! Tu sei a casa mia, non hai il diritto di parlare! Hai capito, pezzo di merda?». E poi ha continuato a gridarmi in faccia: «L'Italia agli italiani! L'Italia agli italiani!». Non ho voluto litigare con quello perché è pazzo. Avete sentito di un uomo sano di mente che piscia nell'ascensore senza vergogna e si fa chiamare il Gladiatore? Francamente io non sono dispiaciuto per la sua morte. Il giovane Gladiatore non è l'unico matto nel palazzo. C'è una vicina di casa di Amedeo che chiama il suo cagnolino Amore! Lo tratta come un figlio o un marito, anzi, una volta l'ho sentita dire che dorme accanto a lei, nello stesso letto. Questo non è il massimo della follia? Dio ha creato i cani per fare da guardiani e proteggere il gregge dall'assalto dei lupi, per allontanare i ladri, non per farli dormire fra le braccia delle donne!

Cercate la verità altrove. Ho dei sospetti sul giovane biondo che abitava con il Gladiatore nello stesso appartamento. È di sicuro una spia o un agente di qualche servizio segreto. L'ho visto più volte seguirmi e controllarmi da lontano mentre davo da mangiare ai piccioni di Santa Maria Maggiore. Una volta mi ha sommerso di strane domande: «Perché ti piacciono tanto i piccioni?», «Perché usi sempre l'ascensore?», «Perché bevi continuamente Chianti?», «Perché sei così legato ad Amedeo?», «Come mai odi tanto la pizza?». Allora gli ho gridato in faccia: «Che vuoi da me, spia?». Maledette spie, sono sempre a caccia di segreti! In quel momento mi ha guardato sorpreso: «Non capisci che ho bisogno di tutte le informazioni sulla tua vita per il mio film». Gli ho domandato stupito: «Cosa dici?» e lui: «Parlo del film che farò e di cui tu, Parviz, sarai il protagonista». In quel momento mi sono chiesto, perplesso, se questo maledetto biondo fosse una spia o un pazzo. Quando gli ho parlato della questione, Amedeo mi ha sorriso:

a public toilet." He gave me a look of such hatred and said, "If you say that again I'll piss in your mouth! You're in my house, you have no right to speak! Get it, you piece of shit?" And then he kept shouting at me, right in my face: "Italy for Italians! Italy for Italians!" I didn't want to argue with him, because he's crazy. Have you ever heard of a sane man who shamelessly pees in the elevator and is called the Gladiator? Frankly I wasn't sorry about his death. That Gladiator kid isn't the only lunatic in the building. Amedeo has a neighbor who calls her dog sweetheart! She treats him like a child, or a husband; in fact, once I heard her say that he sleeps next to her, in the same bed. Isn't that the height of madness? God created dogs to guard the flocks, to protect them from wolves and keep away thieves, not to sleep in the arms of women!

Look for the truth somewhere else. I'm suspicious of that young blond guy who lived in the same apartment with the Gladiator. He has to be a spy or an agent of some secret service. I've often seen him follow me and watch me from a distance feeding the pigeons at Santa Maria Maggiore. Once he overwhelmed me with a lot of odd questions: "Why do you like pigeons so much?" "Why do you always use the elevator?" "Why are you always drinking Chianti?" "Why are you so friendly with Amedeo?" "Why do you hate pizza so much?" So I yelled right back, "What do you want from me, you spy?" Goddam spies, they're always tracking down secrets! At that moment he looked at me in surprise: "Don't you understand that I need all this information about your life for my film." Amazed, I asked, "What do you mean?" and he said, "I'm talking about the film I'm making, and you, Parviz, are going to be the star." That's when I asked myself, disconcerted, if this damn blond guy was a spy or a lunatic. When I talked to Amedeo about it, he smiled: "Parviz, don't be afraid of the blond kid, he dreams of

«Parviz, non avere paura del Biondo, lui sogna di diventare un giorno un regista cinematografico. L'essere umano ha bisogno dei sogni come il pesce dell'acqua». Non ho capito molto bene le parole di Amedeo, ma non importa, quello che conta veramente è che io mi fido ciecamente di lui.

Sono sicuro che c'è un errore. Dopo la vicenda del mio sciopero della parola, Amedeo mi ha convinto a presentare ricorso accollandosi le spese. Dopo un po' hanno riesaminato il mio caso e hanno ammesso che ho detto solo la verità, che non ho mentito a nessuno. Così alla fine mi hanno concesso l'asilo politico. Io sono onesto e franco anche perché non ho altro da perdere dopo aver perso i miei bambini, mia moglie, la mia casa, il mio ristorante. Quindi lasciatemi dire che non mi fido molto della polizia italiana. Quante volte mi hanno portato alla questura per interrogarmi come un pericoloso criminale!

Non sto dicendo cose senza senso. Rispondete alla mia domanda, per favore: dare il mangime ai piccioni è un reato punito dalla legge italiana? Ora mi spiego: come sapete, piazza Santa Maria Maggiore è un luogo frequentato dai piccioni. Io li adoro, provo un grande piacere a dar loro da mangiare. Essere circondato dai piccioni è una scena che suscita l'ammirazione dei turisti, e questo li spinge a scattare delle foto ricordo. Quindi io contribuisco alla promozione del turismo a Roma. Questo però non mi salva, visto che la polizia mi ha impedito più volte di avvicinarmi ai piccioni. Ho obiettato: «Qual è questa legge che vieta di dare da mangiare ai piccioni?». Ho fatto del mio meglio per spiegare che la colomba è simbolo di pace in tutte le tradizioni, è addirittura il simbolo dell'Onu! Mi domando come fa l'Italia a impedirmi di dare da mangiare ai piccioni se è membro dell'Onu. Mi hanno trattato male nonostante non abbia commesso nulla di grave, anzi, mi hanno offeso dicendo: «Vuoi trasformare la bella Roma in una discarica? Ritorna da dove sei

becoming a film director someday. Human beings need dreams the way fish need water." I didn't entirely understand what Amedeo was saying, but it doesn't matter, what really counts is that I trust him completely.

I'm sure there's been a mistake. After that business of my strike against talking, Amedeo persuaded me to file an appeal, taking responsibility for the expenses. After a while they re-examined my case and admitted that I had been telling the truth, that I hadn't lied. And in the end they granted me political asylum. Besides, I'm frank and honest because I have nothing else to lose—I've already lost my children, my wife, my house, my restaurant. Let me say that I don't have much faith in the Italian police. So many times they've hauled me in to the police station to interrogate me like a dangerous criminal!

What I'm saying makes a certain amount of sense. Answer my question, please: is feeding the pigeons a crime punishable by Italian law? Now let me explain: as you know, Piazza Santa Maria Maggiore is a place where pigeons like to gather. I love the pigeons, I feel happy when I feed them. A man surrounded by pigeons is a sight that arouses the admiration of tourists, and inspires them to take souvenir pictures. And so I contribute to the promotion of tourism in Rome. But that doesn't protect me, because on more than one occasion the police have prevented me from getting near the pigeons. I've objected: "What's the law that prohibits feeding the pigeons?" I've done my best to explain that the dove is the symbol of peace in all traditions, it's even the symbol of the United Nations! I wonder how Italy can keep me from feeding the pigeons if it's a member of the UN. The police mistreated me even though I hadn't done anything serious, in fact they insulted me by saying, "You want to make beautiful Rome into a garbage dump? Go back where you came from

venuto e lì fai quello che vuoi!». Non mi sono rassegnato alle loro minacce e ho lottato senza tregua, ho giurato di rimanere fedele ai piccioni. Non li lascerò morire di fame. Amedeo ha fatto da mediatore tra me e la polizia e così mi hanno imposto di prendere il mangime da dare ai piccioni dal Comune stesso. Non ho capito il senso di questo accordo, ma l'importante è non avere più guai con la polizia e potermi procurare il mangime senza spendere un soldo.

Ma lasciamo perdere il cattivo trattamento che ricevo dalla polizia. Parliamo della portiera Benedetta che non la smette di fare la stronza per darmi fastidio. Le ho detto una volta, dopo aver perso la pazienza: «È vergognoso che una donna alla tua età dica Guaglio'!», però lei ha continuato a ripeterlo senza vergogna. Le offese di questa maledetta non hanno né capo né coda. Una volta mi ha chiesto in modo arrogante: «Mangiate i cani e i gatti in Albania?». Ho mantenuto saldi i nervi, le ho risposto: «Conosci Omar Khayyam? Conosci Saadi? Conosci Hafiz? Non siamo selvaggi che mangiano i gatti e i cani! Poi che diavolo c'entro io con l'Albania?». Mi sono abituato fin da piccolo a rispettare gli anziani, per questo l'ho lasciata dicendo: «Merci, signora!».

Ma torniamo ad Amedeo. Non è lui l'assassino! Non può avere niente a che fare con questo crimine. Amedeo non si è macchiato del sangue del Gladiatore. Sono triste per la sua assenza. Non so cosa gli sia successo esattamente, però sono sicuro di una cosa: da oggi in poi nessuno si accorgerà di me quando piangerò e berrò a piazza Santa Maria Maggiore. Chi mi toglierà dalle mani la bottiglia di Chianti? Penso seriamente di andarmene. Se Amedeo non torna nei prossimi giorni, abbandonerò Roma e non tornerò più. Cari signori, Roma, senza Amedeo, non vale nulla. È come un piatto persiano senza le spezie!

and do whatever you want there!" I refused to give in to their threats and I kept fighting, I swore to remain faithful to the pigeons. I'll never let them die of hunger. Amedeo acted as a mediator between me and the police and they made me feed the pigeons with food provided by the city. I didn't understand the point of this agreement, but what's important is not to have any more trouble with the police and to be able to get the food without spending a cent.

But forget the abuse I get from the police. Let's talk about the concierge Benedetta, who won't stop being a bitch, just to annoy me. One time I lost patience and said to her, "It's disgraceful for a woman your age to say *guaglio'*!" but she went on repeating it shamelessly. The insults of that wretched woman have no rhyme or reason. Once she asked me, rather arrogantly, "Do you eat dogs and cats in Albania?" I kept calm, and answered her, "Do you know Omar Khayyam? Do you know Saadi? Do you know Hafiz? We are not savages who eat cats and dogs! And what the hell do I have to do with Albania!" I've been brought up since childhood to respect old people, that's why I walked away from her saying, "*Merci, Signora.*"

But let's get back to Amedeo. He's not the murderer! He can't have had anything to do with this crime. Amedeo is not stained with the Gladiator's blood. I'm sad because of his absence. I don't know exactly what's happened to him, but of one thing I'm sure: from now on no one will take any notice of me when I cry and drink wine in Piazza Santa Maria Maggiore. Who will take the bottle of Chianti away from me? I'm thinking seriously of leaving. If Amedeo doesn't come back in the next few days, I'm leaving Rome and never coming back. Ladies and gentlemen, Rome, without Amedeo, is worthless. It's like a Persian dish without the spices!

Primo ululato

Mercoledì 5 marzo, ore 22.45

Stamattina mi ha chiamato il sig. Benardi, proprietario del ristorante "Capri" in piazza Navona dove lavora Parviz come aiuto cuoco. Ha detto che Parviz non fa ciò che gli viene chiesto perché non sa parlare italiano, e non riesce a distinguere tra una padella e una pentola, tra una zucchina e una carota, tra basilico e prezzemolo. Dopo una lunga lamentela ha offerto a Parviz di scegliere se andare via o lavare i piatti, e lui ha scelto la seconda possibilità.

Martedì 19 marzo, ore 23.49

Il sig. Benardi mi ha chiamato un'altra volta, dicendomi che è dispiaciuto di dover licenziare Parviz perché le sue labbra non lasciano mai la bottiglia di vino durante il lavoro. L'ha ripreso più volte senza ottenere nessun risultato. Povero Parviz, è convinto che i ripetuti licenziamenti siano dovuti al suo odio per la pizza e non per il suo scarso italiano e per il fatto che beve mentre lavora. Adesso il problema è che Parviz si ritrova disoccupato, quindi la sua tristezza cresce e lui beve il doppio. Domani, tornando a casa, passerò da piazza Santa Maria Maggiore e lo troverò come al solito vicino alla fontana a piangere e bere. Ci vuole una cena persiana per farlo uscire da quella malinconia. Devo ricordare a Stefania d'invitare qualche amico per la cena di domani sera, così Parviz potrà cucinare i suoi piatti preferiti.

First Wail

Wednesday March 5, 10:45 P.M.

This morning Signor Benardi, the owner of the restaurant Capri in Piazza Navona, where Parviz works as an assistant cook, called me. He said Parviz doesn't do what he's told because he doesn't understand Italian, and can't distinguish between a frying pan and a saucepan, between zucchini and carrots, between basil and parsley. After a long list of complaints he offered Parviz the choice of leaving or washing dishes, and Parviz chose the second.

Thursday March 19, 11:49 P.M.

Signor Benardi called me again, telling me that he was sorry but he had to fire Parviz, because his mouth never leaves the wine bottle during working hours. He's reprimanded him many times, to no avail. Poor Parviz, he's convinced that the reason he's always getting fired is his hatred of pizza and not his poor Italian and the fact that he drinks during working hours. Now the problem is that Parviz is unemployed, so he gets even more depressed and drinks twice as much. Tomorrow, on the way home, I'll pass by Piazza Santa Maria Maggiore and find him, as usual, near the fountain, weeping and drinking. It takes a Persian meal to pull him out of that melancholy state. I'll have to remind Stefania to invite some friends for dinner tomorrow night, so Parviz can cook his favorite dishes.

Sabato 24 giugno, ore 23.57

Sono ingrassato. Sembra che Parviz abbia ragione quando dice: «Tu sei un tossicodipendente molto particolare, la tua droga è la pizza!». Mi sono accorto della mia avidità per la pizza solo ultimamente. Non c'è dubbio che la pizza sia il mio cibo preferito, non posso farne a meno. Ormai tutti i sintomi della dipendenza sono evidenti. La pizza si è mescolata con il mio sangue e così sono diventato un alcolizzato di pizza e non di vino. Fra poco mi scioglierò nella pasta e diventerò a mia volta una pizza.

Giovedì 3 novembre, ore 22.15

Parviz non sbaglia quando dice che ognuno ha un luogo dove si tranquillizza. Basta vederlo in cucina. Assomiglia a un re nel suo reame perché ritrova la quiete e la calma in pochi secondi. Mi sembra di vedere Shahrayar, il sultano delle *Mille e una notte*, sereno e felice dopo aver ascoltato un racconto di Shahrazad. Il bagno è l'unico posto che ci garantisca la pura tranquillità e la dolce solitudine, non a caso da noi viene chiamata la stanza del riposo. Io trovo la mia tranquillità in questo piccolo bagno. È il mio nido, e questa tazza bianca dove mi siedo per fare i bisogni è il mio trono!

Sabato 3 luglio, ore 23.04

Ho provato a convincere più volte Parviz a imparare i segreti della cucina italiana, però ha rifiutato. Questa questione suscita molti interrogativi che vanno oltre l'ambito gastronomico. Credo che Parviz abbia paura di dimenticare la cucina iraniana se impara quella italiana. È l'unica spiegazione al suo odio per la pizza in particolare e per la pasta in generale. Come dice il proverbio arabo, "È impossibile tenere due spade in un fodero solo". Parviz è convinto dell'impossibilità di farle convivere pacificamente. Per lui la cucina iraniana

Saturday June 24, 11:57 P.M.

I've gotten fat. It seems that Parviz is right when he says, "You're a very special kind of drug addict—your drug is pizza!" I became aware of my greed for pizza only recently. There is no doubt that pizza is my favorite food, I can't do without it. By now all the symptoms of addiction are obvious. Pizza is mixed with my blood—I've become an alcoholic of pizza, rather than wine. Soon I'll soften into dough and become, in my turn, a pizza.

Thursday November 3, 10:15 P.M.

Parviz isn't wrong when he says that each of us has a place where he feels comfortable. It's enough to see him in the kitchen. He's like a king in his kingdom, finding peace and quiet in a few seconds. It seems to me that I'm seeing Shahryar, the sultan of the *Thousand and One Nights*, calm and serene after listening to one of Scheherazade's stories. The bathroom is the only place that guarantees us pure tranquility and sweet solitude; it's no coincidence that we call it the Restroom. I find tranquility in this small bathroom. It's my nest, and this white bowl where I sit to take care of my needs is my throne!

Saturday July 3, 11:04 P.M.

I've tried many times to persuade Parviz to learn the secrets of Italian cooking, but he always refuses. This subject raises many questions beyond the culinary. I think Parviz is afraid he'll forget Iranian cooking if he learns Italian. It's the only explanation for his hatred of pizza in particular and pasta in general. As the Arab proverb says: "You can't fit two swords in a single sheath." Parviz thinks it's impossible for them to live together in harmony. For him Iranian cooking, with its spices and its smells, is all that's left of his memory.

con le sue spezie e i suoi odori è ciò che rimane della sua memoria. Anzi, è la memoria, la nostalgia e l'odore dei suoi cari tutti insieme. Questa cucina è il filo che lo lega a Shiraz, che non ha mai lasciato. È strano Parviz, non vive a Roma ma a Shiraz! Allora perché lo costringiamo a imparare l'italiano e a cucinare all'italiana? La gente parla l'italiano a Shiraz? Si mangiano pizza, spaghetti, fettuccine, lasagne, ravioli, tortellini, la parmigiana a Shiraz? Auuuuuuuu...

Venerdì 14 aprile, ore 23.36

Oggi ho pianto! Non credevo ai miei occhi, le lacrime scendevano senza che me ne accorgessi. Non pensavo di trovare Parviz in quello stato. L'assistente sociale non è scesa nei dettagli nel corso della telefonata, mi ha solo detto: «Parviz sta male, venga prima che sia troppo tardi». Ho detto tra me e me che forse aveva bevuto più del solito. Sono corso al centro di accoglienza per rifugiati, mi sono fatto largo tra i poliziotti e gli infermieri. Quando l'ho visto con la bocca cucita ho sentito un terribile terremoto in ogni parte del corpo. Non ero in grado di parlare, ho preso la sua mano e l'ho abbracciato forte. Oh, mio Dio! Da dove viene tanta tristezza? Cos'è il silenzio? È utile parlare? Ci sono altri modi per dire la verità senza muovere le labbra? Hanno detto a Parviz che la storia che ha raccontato sulla sua fuga dall'Iran è un'invenzione, è una vicenda che non c'entra con la politica, è una questione più vicina alla cucina! Gli hanno detto: «La tua istanza è stata respinta». Non hanno creduto che era fuggito da Shiraz dopo che i Guardiani della Rivoluzione avevano scoperto alcuni volantini anti-governativi di Mudjahidin del Popolo nel suo ristorante. È vero che Parviz non è un militante politico e non ha nessun rapporto con i partiti, ma la sua vita era in pericolo. È fuggito in una notte disperata senza baciare i suoi piccoli né sua moglie, non aveva tempo per dire addio alla sua Shiraz!

Rather, it's memory and nostalgia and the smell of his family rolled into one. This cooking is the thread that ties him to Shiraz, which he has never left. Parviz is strange, he lives in Shiraz, not in Rome! So why do we force him to learn Italian and cook Italian style? Do people speak Italian in Shiraz? Do they eat pizza, spaghetti, fettuccine, lasagna, ravioli, tortellini, parmigiano in Shiraz? Auuuuuuuu . . .

Friday April 14, 11:36 P.M.

Today I wept! I couldn't believe it, the tears flowed without my even realizing it. I never imagined finding Parviz in such a state. The social worker didn't go into details on the telephone, she said only, "Parviz is sick, hurry, before it's too late." I said to myself maybe he had drunk more than usual. I hurried to the refugee welcome center, and made my way among policemen and nurses. When I saw him with his mouth sewed up, I felt a tremendous earthquake in every part of my body. I couldn't speak, I took his hand and embraced him tightly. Oh, my God! Where does such sadness come from? What is silence? Is there any point in speaking? Are there other ways of telling the truth, without moving your lips? The authorities had told Parviz that his story of fleeing Iran was an invention, that it had nothing to do with politics, but instead with cooking! They told him, "Your application has been rejected." They didn't believe that he fled Shiraz after the Revolutionary Guard found some anti-government leaflets from the People's Mujahideen in his restaurant. It's true that Parviz is not a political activist and has no relationship to any parties, but his life was in danger. One desperate night he fled, without kissing his children or his wife goodbye; he didn't have time to say farewell to his Shiraz!

I ask as loud as I can, from this hole that has a stink to

Io chiedo a gran voce da questo tugurio che emana una puzza da togliere il fiato: chi possiede la verità? Anzi, cos'è la verità? La verità si dice con le parole? Parviz ha detto la sua verità con la bocca cucita e ha parlato col suo silenzio!

Oggi il mio odio per la verità è aumentato e la mia passione per l'ululato è cresciuta. Ululerò il resto della notte da questo stretto buco e so che il mio ululato non lo ascolterà nessuno. Affiderò a questo piccolo registratore il mio incessante ululato, poi mi consolerò ascoltandolo. Auuuuuuu...

Lunedì 5 agosto, ore 22.49

Pace fatta tra Parviz e la polizia! La controversia per i piccioni di piazza Santa Maria Maggiore è andata per le lunghe. Non era facile convincerlo a non nutrire più i suoi piccioni. Parviz adora i piccioni perché è convinto che un giorno un piccione gli si poserà sulla spalla portando una lettera di sua moglie e dei suoi bambini. Aspetta ancora il messaggio promesso, soprattutto dopo aver sentito la storia del miracolo accaduto a Santa Maria Maggiore nell'anno 356, quando nevicò nel mese di agosto. In attesa di tutto questo, il Comune ha deciso di mettere alle strette i piccioni nelle grandi piazze di Roma con il pretesto che sono troppi e cacano sui cittadini e soprattutto sui turisti. Così ha deciso di vietare che si dia loro da mangiare nelle piazze pubbliche. Anzi, è andato oltre, introducendo alcuni prodotti chimici anticoncezionali insieme al mangime offerto gratuitamente. Ho proposto al commissario Bettarini di affidare a Parviz il compito di dar da mangiare ai piccioni usando il mangime del Comune, e dopo una lunga esitazione la polizia ha accettato. Non ho avuto difficoltà a convincere Parviz, e ovviamente non gli ho detto niente sulla natura del mangime fornito dal Comune. A volte è meglio ignorare la verità. Ad esempio, sono d'accordo con i medici che nascondono ai loro pazienti

take your breath away: who possesses the truth? Rather, what is the truth? Is the truth spoken with words? Parviz spoke his truth with his mouth sewed up: he spoke with his silence.

Today my hatred of the truth has increased, and so has my passion for wailing. I'll wail for the rest of the night from this confined space, and I know that no one will hear me. To this small tape recorder I'll entrust my ceaseless wailing, then console myself by listening to it. Auuuuuuu . . .

Monday August 5, 10:49 P.M.

Peace between Parviz and the police! The controversy over the pigeons in Piazza Santa Maria Maggiore dragged on. It wasn't easy to persuade him not to feed his pigeons anymore. Parviz adores pigeons, because he's sure that someday a pigeon will land on his shoulder carrying a letter from his wife and children. He's still waiting for the promised message, especially after hearing the story of the miracle that happened in Santa Maria Maggiore in the year 356, when it snowed in August. In the meantime, the city has decided to make life difficult for the pigeons in the big squares in Rome with the excuse that there are too many of them, and they shit on the citizens and, worse, on the tourists. So it decided to prohibit feeding them in the squares. In fact, it went further, introducing free birdseed laced with birth-control chemicals. I suggested to Inspector Bettarini that he give Parviz the job of feeding the pigeons, using the city's birdseed, and after some hesitation the police agreed. I had no trouble persuading Parviz, and obviously I said nothing to him about the nature of the city's birdseed. Sometimes it's best not to know the truth. For example, I agree with doctors who hide from a patient the true nature of his illness. What stupidity drives a doctor to

la vera natura della loro malattia. Quale stupidità spinge un medico a dire a un paziente: «Morirai tra due mesi»? Disgraziato, lascialo vivere altri due mesi risparmiandogli almeno il fardello di conoscere l'ora della fine! La verità è un rimedio che cura i nostri mali o un veleno che ci ammazza lentamente? Cercherò la risposta nell'ululato. Auuuuuuuuu...

Sabato 25 febbraio, ore 23.07

Non sono riuscito a convincere Parviz che Johan Van Marten non è una spia, ma uno studente olandese che studia cinema e sogna di restituire la gloria al Neorealismo facendo magari rinascere un De Sica o un Rossellini. Johan o il Biondo – come lo chiamano i condomini del palazzo – tenta di raccogliere informazioni sulla vita di Parviz, della portiera Benedetta, di Sandro, di Antonio Marini, di Elisabetta Fabiani, di Iqbal il bengalese e di tutti gli altri. Johan sogna di realizzare un film a piazza Vittorio in bianco e nero e di raccontare le loro storie. Mi ha chiesto con grande insistenza di aiutarlo a convincere Parviz, Benedetta, Iqbal, Maria Cristina e il resto degli abitanti a partecipare al film. Ha detto che Parviz è un attore di talento, ha notevoli doti artistiche. Basta vederlo piangere in modo spontaneo e dare da mangiare ai piccioni vicino alla fontana di Santa Maria Maggiore per scoprire i tanti punti in comune tra lui e il fantastico Anthony Queen. Poi si è soffermato sul nome. Ha proposto di chiamarlo con un nome degno di una star emergente del cinema: Parvi Bravo al posto di Parviz Mansoor Samadi.

say to a patient, "You're going to die in two months"? Poor man, let him live his two months without the burden of knowing the hour of his end! Is the truth a remedy that cures our ills or a poison that slowly kills us? I'll look for the answer in wailing. Auuuuuuuu . . .

Saturday February 25, 11:07 P.M.

I couldn't convince Parviz that Johan Van Marten isn't a spy but a Dutch film student who dreams of restoring the glory of neorealism with the rebirth of a De Sica or a Rossellini. Johan, or Blondie—as the residents of the building call him—is trying to gather information about the lives of Parviz, the concierge Benedetta, Sandro, Antonio Marini, Elisabetta Fabiani, Iqbal the Bangladeshi, and all the others. Johan's dream is to shoot a film in Piazza Vittorio, in black-and-white, that tells their stories. He's asked me insistently to help him persuade Parviz, Benedetta, Iqbal, Maria Cristina, and the others to be in the film. He said that Parviz is a talented actor, with remarkable artistic gifts. You merely have to watch him weeping spontaneously and feeding the pigeons near the fountain of Santa Maria Maggiore to find the many resemblances between him and the fantastic Anthony Quinn. He paused on the name. He suggested giving Parviz a name worthy of an emerging film star: Parvi Bravo instead of Parviz Mansoor Samadi.

La verità di Benedetta Esposito

Sono di Napoli, lo dico forte e senza mettermi scuorno. Poi perché dovrei vergognarmi? Per caso Totò non è nato a Napoli? È il più grande attore del mondo, ha vinto cinque volte l'Oscar. Io sono un'ammiratrice di Totò, non me ne perdo neanche uno dei suoi film e me li ricordo tutti a memoria. È l'unico che mi fa ridere pure quando sto triste. Non riesco a trattenermi dalle risate quando rivedo la scena in cui cerca di vendere la Fontana di Trevi a quel fesso di turista! Vi ricordate quel bel film?

Mi chiamo Benedetta, però a molti piace chiamarmi la Napoletana. Questo soprannome non mi dà fastidio. So che molti inquilini del palazzo non mi sopportano e mi odiano senza motivo anche se io sono brava nel mio lavoro. Chiedete un po' qual è il palazzo più pulito di tutta piazza Vittorio, vi risponderanno senza esitare: «Il palazzo di Benedetta Esposito». Non voglio dire che questo palazzo è di mia proprietà, sia chiaro, non voglio guai con il vero proprietario, il signor Carnevale. Io sono una semplice portinaia e niente di più. In questo palazzo ci ho passato quarant'anni, sono la portinaia più anziana di tutta Roma. Mi merito veramente un premio, lo dovrei ricevere direttamente dalle mani del sindaco. Il problema è che siamo in Italia: premiamo gli incompetenti e disprezziamo i bravi! Guardate che cosa è successo al povero Giulio Andreotti: dopo aver servito lo stato per decenni, è stato accusato di essere uno della mafia! Maro',

The Truth According to Benedetta Esposito

I'm from Naples, I'll shout it out, I'm not ashamed. But then why should I be? Wasn't Totò born in Naples? He's the greatest actor in the world, he won five Oscars. I'm a big fan of Totò, I haven't missed a single one of his films and I remember them all. He can make me laugh even when I'm sad. I just can't help laughing whenever I see the scene where he tries to sell the Trevi Fountain to that nitwit tourist. Remember that movie?

My name is Benedetta, but a lot of people like to call me la Napolitana. That nickname doesn't bother me. I know that a lot of the tenants can't stand me, hate me for no reason, even if I am good at my job. Ask around which is the cleanest building in Piazza Vittorio, they'll tell you with no hesitation: "Benedetta Esposito's building." I don't mean to say that I own this building, let's get it straight: I don't want any trouble with the real owner, Signor Carnevale. I'm just a simple concierge, that's all. I've spent forty years in this building, I'm the oldest concierge in Rome. I really deserve a prize, and I ought to get it right from the mayor's own hands. The problem is, this is Italy: we reward the incompetent and despise the good! Look what happened to poor Giulio Andreotti: after serving the state for decades, he was accused of being in the Mafia! Mary Mother of God, help us! In fact, they accused him of kissing that mafioso Riina on the mouth. What a disgrace!

aiutace tu! Anzi, l'hanno accusato di aver baciato in bocca Riina! Che scuorno! Che scandalo! Chi può credere a questa menzogna? Quel povero cristo di Andreotti è un vero cattolico. Non si perde mai una messa, è un vero signore, e come dice Totò: "Signori si nasce". Io sono pronta a testimoniare al tribunale di Palermo a voce alta: «Andreotti ha baciato solo una mano, quella del Santo Padre!». La sua schiena si è ingobbita per la fatica. Anch'io ho problemi di schiena dovuti al lavoro pesante e i dolori ai tendini non mi danno pace. Non ce la faccio più a sopportare questi lavori di pulizia, ma non tengo alternativa visto che la pensione non basta nemmeno a comprare i medicinali. La disgrazia sta nel fatto che hanno distrutto la DC dopo aver ucciso Aldo Moro. In passato votavo sempre per i democristiani, mentre adesso c'è una tale confusione! Non so a chi devo dare il voto. Mio figlio Gennaro mi ha consigliato di votare per Forza Italia, dice di aver sentito Berlusconi in televisione giurare sulla testa dei figli che ci trasformerà in ricconi come lui.

Che dite? Il signor Amedeo è forestiero? Non ci credo che non è italiano! Non ho ancora perso la testa, sono in grado di distinguere tra gli italiani e gli stranieri. Pigliate per esempio lo studente biondo. Non c'è dubbio, viene dalla Svezia. Basta guardarlo e sentire come parla per essere sicuri che è forestiero, con quel suo modo di parlare. Fa troppi errori ridicoli, come quando ripete: «Io non sono GENTILE!». Come si fa a dire: «Io sono scostumato!»? Mi chiama Anna Magnani! Gliel'ho detto più volte che Anna Magnani è nata a Roma, è romana, mentre io sono nata a Napoli e parlo napoletano. Mi ha chiesto di partecipare a un film. Gli ho risposto che mi piacciono assai assai i film, soprattutto quelli di Totò, però non so recitare. Io sono una portiera, non un'attrice! A quel punto mi ha preso per mano e mi ha fatto ballare. Stavo per cadere a terra, e lui mi ha guardato seriamente: «Sei la

What an outrage! Who would believe such a lie? That poor man Andreotti is a true Catholic. He never misses Mass, he is a real gentleman, and as Totò says, "Gentlemen are born." I am ready to testify at the trial in Palermo loud and clear: "There is only one hand that Andreotti has kissed, and it's the hand of the Holy Father!" His back is hunched from fatigue. I have back problems, too, because of the heavy work, and the pain in my joints gives me no peace. I can't really manage the cleaning anymore, but I have no alternative since my pension isn't enough even to buy medicine. The trouble is they destroyed the Christian Democrats after Aldo Moro was killed. In the past I always voted for the Christian Democrats, but now it's all so confusing! I don't know who I should vote for. My son Gennaro told me to vote for Forza Italia, he says he heard Berlusconi on television swearing on the heads of his children he'll make everybody rich like him.

What are you saying? Signor Amedeo is a foreigner? I can't believe he's not Italian! I haven't lost my mind yet, I can certainly tell the difference between Italians and foreigners. Take that blond student, for example. There's no doubt, he's from Sweden. Just look at him and listen to him, and you know he's a foreigner, with that way he talks. He makes so many ridiculous mistakes, like when he says, over and over, "I am not *gentile*!"—"I am not polite, not nice," he says, the way someone might say, "I am *rude*." He calls me Anna Magnani! I've told him so many times that Anna Magnani was born in Rome, she's Roman, whereas I was born in Naples, I speak Neapolitan. He asked me to be in a movie. I said that I like movies a lot, especially the ones with Totò, but I don't know how to act. I'm a concierge, not an actress! At that point he took me by the hand and got me dancing. I was nearly falling down, and he looked at

nuova Anna Magnani!». Questo guaglione biondo è forestiero dalla capa ai piedi perché è fesso e pazzo. Spesse volte durante l'inverno incontro turisti biondi, maschi e femmine, che portano delle magliette a maniche corte, e allora mi fermo perplessa e stupita mi dico: «Ma questa gente non tiene paura del raffreddore?».

Ma che volete, ormai mi sono fatta vecchia, non ci capisco più niente. Mannaggia 'a vecchiaia! E vabbuo', se il signor Amedeo è forestiero come dite voi, chi sarebbe l'italiano vero? Mi viene il dubbio anche di me stessa. Magari viene il giorno in cui si dirà che Benedetta Esposito è albanese o filippina o pakistana. Chi vivrà vedrà! Amedeo parla l'italiano meglio di mio figlio Gennaro. Anzi, meglio del professore all'università di Roma, Antonio Marini, che sta di casa al quarto piano, interno 16. So tutto dei condomini del mio palazzo, perciò mi accusano di inciuciare. È questa la ricompensa che merito? Io tengo a cuore il loro interesse e sono sempre a disposizione loro. Ditemi voi: questo significa forse entrare nei fatti loro? San Genna', mettece 'a mana toja!

Me lo ricordo bene, era primavera. Sono passati cinque anni. L'ho visto entrare dal portone del palazzo che andava verso l'ascensore, gli ho chiesto:

«Guaglio', addo' vaje?».

«Sto andando al secondo piano».

Ho insistito per avere altri particolari e ho scoperto che stava andando da Stefania Massaro. Mentre stava per aprire la porta dell'ascensore gli ho detto:

«Gentilmente, non sbattere la porta. Vedi se hai chiuso bene, non premere assai il bottone!».

Mi ha guardato con un sorriso e mi ha detto:

«Ho cambiato idea, vado a piedi».

Credevo che mi stava facendo fessa, che mi si rivolgesse male come fanno gli altri, ma ha fatto un sorriso più dolce di

me seriously: "You're the new Anna Magnani!" That blond kid is a foreigner from head to toe—he's an idiot and he's crazy. A lot of times in winter I see these blond tourists, male and female, wearing short-sleeved T-shirts, and so I stop, bewildered, and in astonishment say to myself: "Aren't these people afraid of catching cold?"

But what do you want, now that I'm getting old I don't understand anything anymore. To hell with old age! And so what, if Signor Amedeo is a foreigner, as you say, then who's a real Italian? I'm not even sure about myself. Maybe the day will come when someone will say that Benedetta Esposito is Albanian or Filipino or Pakistani. Time will tell. Amedeo speaks Italian better than my son Gennaro. In fact, better than the professor at the University of Rome, Antonio Marini, who lives on the fifth floor, No. 16. I know all the tenants in my building, so they accuse me of making trouble among them. Is this the reward I deserve? I have their interests at heart and I'm always available for them. Tell me: is that supposed to mean I get involved in their business? San Genna', help me out here.

I remember very well, it was spring, five years ago. I saw him come in the street door and go toward the elevator, and I said to him:

"Hey buddy, where're you going?"

"I'm going to the third floor."

I insisted on further details, and I discovered that he was going to see Stefania Massaro. As he was about to open the elevator door I said:

"Please don't bang the door. Make sure you've closed it properly, don't press the button too hard."

He smiled at me and said:

"I've changed my mind, I'll walk."

I thought he was making a fool of me, insulting me the

prima e mi ha detto salutandomi: «Buona giornata, signora!». Non credevo alle mie orecchie e mi sono domandata: ancora ci sono degli uomini che rispettano le femmine in questo paese? Quel giorno ho sofferto di uno strano senso di colpa. Ho giurato, quant'è vero San Gennaro, che l'avrei trattato bene se fosse tornato un'altra volta. Dovete sapere che il signor Amedeo è il solo che non usa l'ascensore in questo palazzo per rispetto alla sottoscritta, perché ha capito quali problemi ricadono sulle mie spalle ogni volta che si scassa. Le disgrazie di questo ascensore non finiscono mai. Ci sta perfino chi piscia di nascosto! Così rischio di perdere il lavoro. Abbiamo fatto tante riunioni per cercare di risolvere questo problema, ma purtroppo non siamo riusciti a trovare una soluzione. Ho pensato di chiamare quelli di *Striscia la notizia* che si occupano dei problemi dei cittadini e li risolvono velocemente, poi però c'ho ripensato per non danneggiare la reputazione del mio palazzo. Alla fine mi sono ispirata a James Bond, pensando di installare una piccola telecamera annascosta nell'ascensore per scoprire il colpevole. Soltanto che ho dovuto lasciar perdere, per via della spesa e per paura di essere accusata di fare la spiona e di non farmi i fatti miei.

Parlavo del signor Amedeo, giusto? Dopo un po' di tempo è venuto a stare di casa con Stefania. Ero contenta assai assai. Questa vita non è proprio giusta. Ditemi voi: Stefania Massaro merita un guaglione elegante come il signor Amedeo? Quella pernacchia non mi può vedere, neanche le avessi ucciso il padre e la madre. Pure io non la posso vedere, faccio di tutto per non incrociarla. Come scordare quello che mi combinava quando era piccerella? Suonava i campanelli e insozzava le scale appositamente perché il resto dei condomini se la prendesse con me. Quante volte mi hanno accusato di non fare il mio lavoro come si deve! Ha fatto di tutto per farmi cacciare, però non ci è riuscita. Io non ho paura

way everybody else does, but he smiled even more sweetly and said, "Good day, Signora!" I couldn't believe my ears! I asked myself: are there really still men who respect women in this country? That day I felt a strange sense of guilt. I swore, as sure as there's a San Gennaro, that I would be nice to him if he came back again. You should know that Signor Amedeo is the only one in this building who out of respect for me doesn't use the elevator, because he understood the problems it causes for me every time it breaks. The trials of this elevator never end. There's even someone who secretly pees in it! So I'm in danger of losing my job. We have had so many meetings to try to resolve this problem, but unfortunately we've never managed to come up with a solution. I thought of calling the people from the TV show *Striscia la notizia* who look into people's problems and solve them quickly, but then I reconsidered, I didn't want to damage the reputation of my building. Finally, inspired by James Bond, I got the idea of installing a small hidden camera in the elevator to discover the guilty party. Only I had to forget about that, because of the expense, and then I was afraid I'd be accused of spying and not minding my own business.

I was talking about Signor Amedeo, right? After a while he came to live with Stefania. I was very pleased. But this life is not fair. Tell me: does Stefania Massaro deserve a fine man like Signor Amedeo? That fart can't stand me, you'd think I'd killed her father and mother. And I can't stand her, I do my best not to run into her. How can I forget her behaviour as a child? She'd ring doorbells and make a mess on the stairs just so the other residents would get mad at me. They were always accusing me of not doing my job properly! She did everything she could to get me thrown out, but she didn't succeed. I'm not afraid of other people's

della cattiveria degli altri, da quella San Gennaro mi protegge. Se no perché ho chiamato l'unico figlio mio con il nome del Santo patrono di Napoli!

No! Amedeo non c'entra niente con questo crimine. Io non so chi ha ucciso Lorenzo Manfredini. L'ho trovato morto e buono nell'ascensore in un bagno di sangue. La gente a piazza Vittorio non lo poteva vedere o' Gladiatore. Sono sicura che la causa di tutto questo casino è la disoccupazione. Sono assai i giovani italiani che non trovano una fatica dignitosa, e così la maggior parte sono costretti a rubare pe 'nu muorz' e pane. Bisogna cacciare i lavoratori immigrati e mettere al loro posto i nostri poveri figli. Cercate il vero assassino. Io tengo un sospetto di quel suo amico albanese. Non ho capito che tipo di legame ci sta tra lui e il signor Amedeo. Elisabetta Fabiani mi ha riferito che ha visto più volte l'albanese ubriacarsi e ridere sano sano fino a piangere davanti ai turisti di piazza Santa Maria Maggiore. Ho provato a consigliare al signor Amedeo di stare lontano da questo tipo di delinquenti, però non m'è stato a sentire. Anzi, gli ha aperto le porte di casa. Eccolo qua il risultato davanti a voi.

Io dico che chillo albanese è il vero assassino. Questo disgraziato fa lo scostumato quando lo chiamo Guaglio'! Non so come si chiama, e a Napoli siamo abituati a dire così, però lui mi risponde con male parole nella sua lingua. Non mi ricordo esattamente quella parola che dice sempre, forse mersa o mersis! Insomma l'importante è che questa parola vuole dire cazzo in albanese e si usa per insultare la gente. Quello che aumenta i miei sospetti è il fatto che non conosce per niente il paese suo. Ha provato più volte a convincermi che viene da un paese che non è l'Albania. Non è l'unico a disconoscere il paese di origine per evitare l'espulsione immediata, ah eh! La filippina Maria Cristina mi dice sempre che non viene dalle Filippine, ma da un altro paese di cui non

spite—San Gennaro protects me, if only because I named my only son after the patron saint of Naples!

No! Amedeo has nothing to do with that crime. I don't know who killed Lorenzo Manfredini. I found him stone dead in the elevator, in a pool of blood. The people in Piazza Vittorio couldn't stand the Gladiator. I'm sure that the cause of this whole mess is unemployment. A lot of young Italians can't find a good job, so they're forced to steal for a piece of bread. The immigrant workers should be thrown out and our sons should take their places. Find the real murderer. I'm suspicious of that Albanian friend of Amedeo's. I never understood what sort of bond there was between him and Signor Amedeo. Elisabetta Fabiani informed me that she frequently saw the Albanian drunk and laughing till he cried, right in front of the tourists in Piazza Santa Maria Maggiore. I tried to warn Signor Amedeo to stay away from criminal types like that, but he wouldn't listen to me. In fact, he welcomed him into his house. And there you have the result.

I say the Albanian is the real murderer. That good-for-nothing is rude when I call him *guaglio'*! I don't know his name, and in Naples that's what we say, but he answers with a nasty word in his language. I don't remember exactly that word he always says, maybe *mersa* or *mersis*! Anyway the point is, this word means "shit" in Albanian and is used as an insult. What makes me even more suspicious is the fact that he doesn't know his own country at all. He's tried over and over again to convince me that he comes from a country that isn't Albania. He's not the only one who refuses to acknowledge his original country in order to avoid getting expelled, eh! That Filipino Maria Cristina always tells me she isn't from the Philippines, she says she's from some other country whose name I can't remember. I

ricordo il nome. Non capisco, perché la polizia tollera questi delinquenti!? Io conosco alcuni di loro molto bene, non lontano da piazza Vittorio. Lo conoscete Iqbal il pakistano, il proprietario dell'alimentari di via La Marmora? Pure lui disconosce il paese suo, dice sempre: «Odio il Pakistan». Ma è mai possibile che qualcuno si schifa del proprio paese in questo modo? Io mi ricordo Iqbal molto bene. Era uno scaricatore al mercato di piazza Vittorio qualche anno fa, mentre adesso è diventato un grande commerciante! Ditemi voi: come ha fatto a trovare tutti 'sti soldi per aprire l'attività? Da dove ha preso i soldi per comprare il negozio, il furgone e accattare la roba che viene da fuori? Non c'è un'altra spiegazione: questo disgraziato è un accattone, come si dice qui a Roma, oppure uno che spaccia droga.

Allora che fine fanno le tasse che paghiamo allo stato? A che servono se non a proteggerci da questi delinquenti? Perché non acchiappano Iqbal e l'albanese e il resto degli immigrati delinquenti e li cacciano? Quella filippina non la posso proprio vedere perché mi provoca continuamente con cattiveria. Il problema mio è che quelli che non tengono voglia di fare niente mi stanno 'ncopp 'o stomaco. Ricordo ancora quando è venuta la prima volta per prendersi cura della vecchia Rosa, era secca secca, come una mazza di scopa, per la fame. Eh sì, ci sta ancora un sacco di gente in Africa e in Brasile e in altre zone del mondo che mangia dalle discariche pubbliche. Dopo pochi mesi s'è fatta chiatta chiatta per quanto mangia e dorme assai assai, esce di casa solo per emergenza e non dà importanza ai problemi come le tasse, la pigione, le bollette della luce, dell'acqua e del riscaldamento e il resto dei fastidi della vita quotidiana. Ha tutto gratis e si comporta come se fosse la padrona di casa. È giusto tutto questo? Che senso ha questa situazione? A me, vecchia italiana, malata, mi tocca faticare assai e lei, immigrata, giovane

don't understand, why do the police tolerate these criminals? I know some of them very well, operating not far from Piazza Vittorio. You know Iqbal the Pakistani, who owns the grocery on Via La Marmora? Even he refuses to recognize his country, he always says, "I hate Pakistan." How can a person feel disgusted by his own country like that? I remember Iqbal very well. Just a few years ago, he used to unload trucks at the market in Piazza Vittorio, now he's turned into a big businessman! Tell me: how'd he find the money to start up a business? Where'd he get the money to buy the store and the van, and get the stuff that comes from outside? There's no other explanation: that bum is a thief, or a drug dealer.

So in the end what happens to the taxes we pay to the state? What's the use if not to protect us from these criminals? Why don't they arrest Iqbal and the Albanian and the rest of these criminal immigrants and throw them out? That Filipino woman, I really dislike her, she is so nasty, constantly aggravating me. My problem is I can't stand people who don't want to do anything. I still remember when she first came to take care of old Rosa, she was so thin, like a broomstick, from hunger. Oh well yes, there are still a lot of people in Africa and Brazil and other parts of the world who scrounge food out of the garbage. After a few months she got big and fat because of all the crap she eats, and she sleeps a lot, too, she only leaves the house for emergencies and pays no attention to problems like taxes, the rent, the electric bill, the phone bill, and all the other nuisances of daily life. She gets everything free and she acts like she owns the house. Is this right? Does this situation make any sense? Me, an old Italian woman, ill, I have to work hard, while she, that chubby young immigrant, is the picture of health. She eats what she wants and sleeps as

chiatta, tiene una salute esagerata. Si mangia quello che vuole e dorme quanto vuole come una gatta viziata! So che non tiene il permesso di soggiorno, ma non posso denunciarla per non causare guai ai parenti di Rosa. Potrebbero vendicarsi di me senza pensarci due volte.

Io sono sicura che l'assassino di Lorenzo Manfredini è uno degli immigrati. Il governo deve reagire ampressa ampressa. Un altro poco ci cacceranno dal nostro paese. Basta che fai un giro di pomeriggio nei giardini di piazza Vittorio per vedere che la stragrande maggioranza della gente sono forestieri: chi viene dal Marocco, chi dalla Romania, dalla Cina, dall'India, dalla Polonia, dal Senegal, dall'Albania. Vivere con loro è impossibile. Tengono religioni, abitudini e tradizioni diverse dalle nostre. Nei loro paesi vivono all'aperto o dentro le tende, mangiano con le mani, si spostano con i ciucci e i cammelli e trattano le donne come schiave. Io non sono razzista, ma questa è la verità! Lo dice pure Bruno Vespa. Poi perché vengono in Italia? Non capisco, stiamo pieni di disoccupati. Mio figlio Gennaro non tiene un lavoro, se non fosse per sua moglie Marina che fa la sarta e per il mio continuo aiuto sarebbe finito a chiedere l'elemosina fuori dalla chiesa di San Domenico Maggiore a Napoli! Se il lavoro non ci sta per la gente di questo paese, come facciamo ad accogliere tutti questi disperati? Ogni settimana vediamo barche cariche di clandestini al telegiornale. Quelli portano malattie contagiose come la peste e la malaria! Questo lo ripete sempre Emilio Fede. Però nessuno lo sta a sentire.

Io dico che la criminalità ha superato ogni limite. Il mese passato Elisabetta Fabiani, la vedova che sta di casa al secondo piano, non ha trovato più il cagnolino suo Valentino. L'aveva portato ai giardini di piazza Vittorio per fargli fare i suoi bisogni, come tutti i giorni, si è seduta per godersi il sole, poi ha guardato a destra e a sinistra e non ce n'era nemmeno

much as she wants, just like a spoiled cat! I know she doesn't have papers to be here, but I can't report her because I don't want to make trouble for Rosa's relatives. They could get back at me without thinking twice.

I'm sure the murderer of Lorenzo Manfredini is one of the immigrants. The government should hurry up and do something. Soon they'll be throwing us out of our own country. All you have to do is take a walk in the afternoon in the gardens in Piazza Vittorio to see that the overwhelming majority of the people are foreigners: some come from Morocco, some from Romania, China, India, Poland, Senegal, Albania. Living with them is impossible. They have religions, habits, and traditions different from ours. In their countries they live outside or in tents, they eat with their hands, they travel on donkeys and camels and treat women like slaves. I'm not a racist, but that's the truth. Even Bruno Vespa, on TV, says so. Then why do they come to Italy? I don't know, we're full up with the unemployed. My son Gennaro doesn't have a job—if it weren't for his wife, Marina, who's a seamstress, and help from me he would have ended up as a beggar outside the church of San Domenico Maggiore in Naples. If there's no work for the people of this country, how is it that we welcome all these desperate types? Every week we see boats loaded with illegal immigrants on the TV news. They bring contagious diseases like plague and malaria! Emilio Fede always says so. But no one listens to him.

I say that crime has gone beyond all limits. Last month Elisabetta Fabiani, the widow on the second floor, lost her little dog Valentino. She had taken him out to the gardens in Piazza Vittorio to do his business, as she does every day, and she sat down to enjoy the sun, then she looked all over and there wasn't even a trace. She asked me to help, and we

l'ombra. Mi ha chiesto aiuto, e l'abbiamo cercato dentro e fuori dei giardini, ma niente. Elisabetta ha pianto assai per la perdita di Valentino, tanto che tutti hanno pensato che fosse morto suo figlio Alberto. Le ho detto che la scomparsa di Valentino suscita tanti sospetti. Non ho a mia disposizione prove evidenti, però quello che tengo a destra e a sinistra favorisce l'ipotesi del rapimento.

Primo. Negli ultimi anni sono stati aperti tanti ristoranti cinesi a piazza Vittorio e dintorni.

Secondo. I giardini di piazza Vittorio sono i luoghi preferiti dei criaturi cinesi per giocare.

Terzo. Mi hanno detto che i cinesi si mangiano la carne dei gatti e dei cani.

Dopo tutte queste cose che vi ho detto, non ci sono dubbi che i cinesi hanno rapito quel poveriello di Valentino e se lo sono mangiato!

Il signor Amedeo è innocente. Pigliate il suo amico albanese, interrogatelo bene bene, vedrete come crollerà e confesserà. L'ho preso con le mani nel sacco parecchie volte mentre cercava di scassare l'ascensore. L'ho visto salire e scendere senza nessun motivo, salire all'ultimo piano e scendere al piano terra. L'ho osservato bene bene fino a diventare sicura della sua colpevolezza. Prima di chiamare la polizia ne ho parlato con il signor Amedeo per evitare complicazioni. È l'albanese il vero assassino, sono pronta a mettere la mano sul fuoco. È giusto che il signor Amedeo paghi al posto di alcuni immigrati? È giusto accusare un buon cittadino italiano di un crimine che non ha commesso? San Genna', pienzace tu!

Perché insistete? Vi ho detto che Amedeo è italiano verace. Gli ho chiesto personalmente più volte di dirmi da dove viene, dei genitori, della famiglia, del luogo di nascita e di altre cose che non ricordo più. Mi ha sempre risposto con una sola parola: sud. Non ho voluto scocciarlo con altre domande per avere altri

searched inside and outside the gardens, but not a sign. Elisabetta wept so much over the loss of Valentino that everyone thought her son Alberto had died. I told her that Valentino's disappearance raises a lot of suspicions. I don't have clear proof available, but what I see all around me tells me it was kidnapping.

First. Recently a lot of Chinese restaurants have opened in and around Piazza Vittorio.

Second. The gardens of Piazza Vittorio are the favorite place for Chinese children to play.

Third. They say that the Chinese eat cats and dogs.

After all those things I've told you, there is no doubt that the Chinese stole poor little Valentino and ate him!

Signor Amedeo is innocent. Arrest his Albanian friend, question him carefully, you'll see, he'll break down and confess. I've caught him red-handed many times trying to break the elevator. I've seen him go up and down for no reason, he goes up to the top floor and down to the ground floor. I observed him very carefully until I became sure that he was guilty. Before calling the police I spoke to Signor Amedeo to avoid complications. The Albanian is the real murderer, I'm ready to swear to it. Is it right that Signor Amedeo should pay in the place of some immigrant? Is it right to accuse a good Italian citizen of a crime he didn't commit? San Genna', you see to it!

Why are you so insistent? I told you that Amedeo is a real Italian. I asked him personally over and over to tell me where he comes from, about his parents, his family, where he was born, and other things I can't remember anymore. He always answered with a single word: south. I didn't want to bother him with questions to find out more details, I said to myself: who knows, he might be Sicilian, Calabrian, or from Puglia. And then there's no difference

particolari, ho detto tra me e me: chissà, sarà siciliano, calabrese o pugliese. Poi non ci sta differenza tra Catania e Napoli, tra Bari e Potenza, tutti veniamo dal sud. Che male ci sta, alla fine siamo tutti italiani! Roma è la città dove ci sta gente che arriva da tutte le parti. Faciteme 'o piacere di non accusare Amedeo di essere un immigrato. Noi italiani siamo così: nei momenti difficili non ci fidiamo tra di noi, invece di aiutarci facciamo di tutto per farci del male. Siamo un popolo che ha il tradimento rint'e vvene? Durante la Seconda guerra mondiale abbiamo combattuto con i tedeschi, poi ci siamo arruvutati contro di loro e così ci siamo alleati con gli americani. Ricordo ancora i soldati americani per le strade di Napoli. Ero una bella guagliona, e tutti i guaglioni mi volevano.

Siamo un popolo strano. Abbiamo ammazzato Mussolini e l'amante Claretta in una piazza pubblica a Milano, abbiamo cacciato il re e la famiglia impedendo loro di tornare, abbiamo sfidato il papa e la Santa Chiesa quando la maggioranza ha votato a favore del divorzio. Poi abbiamo visto tutti dentro la televisione Giulio Andreotti sul banco degli imputati e quella poco di buono di Cicciolina sui banchi del parlamento. Io non sono istruita come voi, però tengo il diritto di chiedere: se Andreotti se la faceva con la mafia, questo vuole dire che ho votato per la mafia e non me ne sono accorta? Questo vuole dire che la mafia ha governato l'Italia per decenni? Poi abbiamo sentito parlare della Lega Nord che fa di tutto per dividere il paese in due e fondare un nuovo stato, la Padania. In che paese siamo? Che fine abbiamo fatto? Gesù, Giuseppe e Maria! Maronna mia, aiutace tu!

Spero che il signor Amedeo torni presto. A quel punto scoprirete l'errore grosso che avete commesso. Io vi dico che questo è il paese delle meraviglie. Da oggi in poi non mi stupirò più se sento qualcuno dire che Giulio Andreotti è albanese o pakistano o filippino! Il signor Amedeo è l'unico inquilino che

between Catania and Naples, between Bari and Potenza, we all come from the south. What's the harm, in the end we're all Italians! Rome is the city where people come from all over. Do me a favor, don't accuse Amedeo of being an immigrant. We Italians are like that: in tough times we don't trust each other, instead of helping we do all we can to hurt each other. Are we a people who have betrayal in our veins? During the Second World War we fought with the Germans, then we revolted against them and were allied with the Americans. I still remember the American soldiers on the streets of Naples. I was a pretty girl then, and all the boys liked me.

We are a strange people. We murdered Mussolini and his lover Claretta in a public square in Milan, we threw out the king and his family and wouldn't let them return, we defied the Pope and the Holy Church when the majority voted in favor of divorce. Then we all saw Giulio Andreotti on television sitting at the defense table, and that no-good Cicciolina in parliament. I'm not educated like you, but I still have the right to ask: If Andreotti had dealings with the Mafia, does that mean I voted for the Mafia and didn't realize it? Does that mean that the Mafia governed Italy for decades? Lately we've been hearing about that Northern League that's doing its best to divide the country in two and found a new state, Padania. What country are we living in? Jesus, Mary, and Joseph! Madonna, help us!

I hope Signor Amedeo comes back soon. Then you will discover the terrible mistake you've made. I tell you, this country is a wonderland. From now on I won't be surprised if I hear someone say that Giulio Andreotti is Albanian or Pakistani or Filipino. Signor Amedeo is the only tenant who stops to talk to me. He always calls me Signora Benedetta and he avoids using the elevator because he

si ferma a parlare con me. Mi chiama sempre signora Benedetta ed evita di usare l'ascensore perché rispetta il mio lavoro, sa come fatico per garantire tranquillità agli inquilini. La scomparsa del signor Amedeo e l'accusa infondata dell'omicidio del Gladiatore mi fanno anticipare la partenza da Roma e il mio ritorno definitivo a Napoli. Sì, quello è San Gennaro che mi chiama! Andrò alla chiesa di San Domenico a Napoli a pregare per il signor Amedeo.

respects my work, he knows how I struggle to keep things peaceful for the tenants. The disappearance of Signor Amedeo and the groundless accusation that he murdered the Gladiator make me long to leave Rome for my final return to Naples. Yes, that's San Gennaro calling me! I'll go to the church of San Domenico in Naples to pray for Signor Amedeo.

Secondo ululato

Giovedì 4 febbraio, ore 23.14

Ho provato inutilmente a convincere la portiera Benedetta che Parviz non è albanese e che merci è una parola francese che vuol dire grazie e si usa con lo stesso significato in Iran. Quando sono tornato questa sera a casa mi ha fermato come al solito, e dopo una lunga tiritera in cui mi ha ribadito che per lei sono come il suo unico figlio mi ha consigliato di tenermi lontano dall'albanese, dicendo: «Quel delinquente! Ti causerà un sacco di problemi, perché ci sono testimoni che l'hanno visto spacciare la droga a piazza Santa Maria Maggiore fingendo di dare da mangiare ai piccioni». La polizia l'ha arrestato più volte, ma lei non ha capito perché è stato rilasciato in fretta.

Martedì 4 giugno, ore 22.57

Il rapporto morboso che Benedetta ha stabilito con l'ascensore suscita parecchi interrogativi. Questa mattina era molto arrabbiata con Parviz. Si è lamentata a lungo, ha detto che l'albanese, così chiama Parviz, «scassa l'ascensore» per farla cacciare dal lavoro con il pretesto che è anziana e non è in grado di badare agli inquilini. Le ho promesso di parlare con Parviz per risolvere questo problema. Odio tanto l'ascensore perché mi ricorda la tomba. Odio gli spazi stretti, tranne questo bagno. È il mio nido. Oggi ho letto sulla rivista *Focus* un articolo sull'upupa, sembra sia l'unico uccello che fa i bisogni nel suo nido!

Second Wail

Thursday February 4, 11:14 P.M.

I tried unsuccessfully to convince Benedetta, the concierge, that Parviz isn't Albanian, and that *merci* is a French word meaning "thank you" that is used, with the same meaning, in Iran. When I got home tonight she stopped me, as usual, and after a long tirade in which she kept repeating that I'm like her only son she advised me to stay away from thc Albanian, saying, "That crook! He's just going to cause you a ton of problems, because witnesses have seen him selling drugs in Piazza Santa Maria Maggiore while he's pretending to feed the pigeons." The police have arrested him several times, but she couldn't understand why they release him right away.

Tuesday June 4, 10:57 P.M.

The morbid relationship that Benedetta has established with the elevator raises a lot of questions. This morning she was very angry with Parviz. She complained for a long time, saying that the Albanian, as she calls him, "wrecks the elevator" in order to get her fired from her job, on the pretext that she's old and can't look after the tenants. I promised to speak to Parviz to try and resolve this problem. I hate the elevator because it reminds me of a tomb. I hate confined spaces, except this bathroom. It's my nest. Today I read an article about the hoopoe in the magazine *Focus*; apparently it's the

C'è un altro uccello misterioso come l'upupa. È il corvo, che indicò a Caino il modo per sbarazzarsi del cadavere del fratello Abele scavando una fossa. Si dice che questo sia stato il primo omicida sulla terra, quindi il corvo è il primo esperto di sepoltura nella storia. Io sono un corvo particolare. La mia missione è seppellire i ricordi macchiati di sangue.

Venerdì 6 settembre, ore 22.35

È scomparso il cagnolino della nostra vicina di casa Elisabetta. Questa sera Benedetta mi ha chiesto con insistenza i nomi dei paesi dove si mangia la carne di cane. Io le ho risposto che non lo so, poi lei mi ha sorpreso con una strana domanda: «Il tuo amico albanese mangia la carne di cane e gatto?». Le ho giurato che Parviz non ha mai assaggiato in tutta la sua vita carne di cane né di gatto! Questa vecchia è di un'ingenuità disarmante.

Mercoledì 17 novembre, ore 23.27

Oggi Benedetta mi ha rivelato un segreto molto delicato. Mi ha detto a bassa voce, per non farsi sentire dagli altri: «La scomparsa del cagnolino Valentino non è casuale. È stato rapito dai bambini cinesi che giocano nei giardini di piazza Vittorio! La caccia ai gatti e ai cani è un passatempo che assomiglia a quello dei nostri bambini con le farfalle». Poi mi ha consigliato di evitare i ristoranti cinesi perché il loro piatto preferito è riso con carne di cane. Mi sono trattenuto dal riderle in faccia, l'ho salutata in fretta e sono salito di corsa per le scale, poi ho aperto la porta e mi sono messo a ridere come un pazzo. E lì mi è venuta un'idea geniale. Mi sono chiesto che cosa sarebbe accaduto se avessi bussato alla porta di Elisabetta Fabiani dicendole: «Sono appena tornato dal vicino ristorante cinese dove ho mangiato riso con una carne deliziosa; quando stavo andando via ho chiesto al proprietario del

only bird that takes care of its needs in its nest! There's another bird as mysterious as the hoopoe. It's the crow, which showed Cain how to get rid of the corpse of his brother Abel by digging a pit. It's said that this was the first murder on earth, so the crow is the first expert on burial in history. I am a special sort of crow. My mission is to bury bloodstained memories.

Friday September 6, 10:35 P.M.

Our neighbor Elisabetta's dog has vanished. Tonight Benedetta asked me insistently the names of the countries where people eat dog. I answered that I don't know, then she surprised me with a strange question: "Does your friend the Albanian eat dogs and cats?" I swore that Parviz has never in his entire life touched dog or cat! This old lady has a disarming naïveté.

Wednesday November 17, 11:27 P.M.

Today Benedetta revealed a very sensitive secret to me. She said in a low voice, in order not to be heard by anyone else: "The disappearance of the dog Valentino isn't accidental. He was kidnapped by the Chinese children who play in the gardens in Piazza Vittorio! They hunt for cats and dogs the way our children chase butterflies." Then she advised me to avoid Chinese restaurants because their favorite dish is made with dog. I restrained myself from bursting into laughter, said goodbye in a hurry, and ran up the stairs. As soon as I opened the door I started laughing like a lunatic. And then I had a brilliant idea. I wondered what would happen if I knocked on Elisabetta Fabiani's door and said to her: "I've just come back from the Chinese restaurant next door, and I had rice with some delicious meat; when I was leaving I asked the restaurant owner what kind of meat I'd eaten and

ristorante che tipo di carne avevo mangiato, e lui mi ha risposto: "È la carne di un cagnolino che abbiamo trovato una di queste mattine vicino al nostro ristorante, aveva un collarino al collo con su scritto Valentino!"». Non ridevo così da molto tempo. Comunque spero che il piccolo Valentino torni presto, così la notte potrò ascoltarlo ululare.

Sabato 7 gennaio, ore 23.48

Benedetta è abituata a lamentarsi di tutto: degli inquilini del palazzo, del governo, dei commercianti di piazza Vittorio, dei cattivi servizi sanitari, dei prezzi eccessivi dei medicinali, delle tasse, della pioggia, degli immigrati. Oggi però mi ha parlato di suo figlio Gennaro, il disoccupato. Mi ha chiesto di aiutarla a trovargli un lavoro ripetendo che «i parenti sono come le scarpe, più sono strette e più fanno male», o addirittura «parenti serpenti». Questo proverbio assomiglia al proverbio arabo "parenti scorpioni". Dopo aver parlato di Gennaro, ha iniziato la sua consueta lamentela sugli stranieri che fanno casino a piazza Vittorio e sul perché la polizia non arresta i delinquenti come Iqbal il pakistano che spaccia droga e dirige una rete di prostituzione. Ciò che non sa o forse non vuole sentirsi dire è che Iqbal è bengalese e non pakistano, e che non è uno spacciatore e non ha niente a che fare con la prostituzione. Iqbal è membro di una cooperativa di cinquanta bengalesi, e né il furgone né il negozio sono di sua proprietà. Non ho mai visto un lavoratore come lui. È un'ape umana. Ho pensato di mettere al corrente Benedetta di tutto quello che so di Iqbal, poi ci ho ripensato: a che scopo? È proprio inutile conoscere la verità. L'unica consolazione è questo ululato notturno. Auuuuuuuu...

Martedì 26 ottobre, ore 22.53

Questa mattina Benedetta mi ha detto: «Oggi si conoscerà

he said, 'It's from a dog we found one morning near our restaurant, he was wearing a collar that had "Valentino" written on it.'" I haven't laughed so much for a long time. Anyway, I hope little Valentino comes back soon, so I'll be able to listen to him wailing at night.

Saturday January 7, 11:48 P.M.

Benedetta usually complains about everything: the tenants in the building, the government, the businesses in Piazza Vittorio, how bad the health service is, the high price of medicine, taxes, rain, the immigrants. But today she talked to me about her son Gennaro, who's unemployed. She asked me to help her find him a job, repeating that when it comes to relatives, "familiarity breeds contempt," and even, "*Parenti serpenti*"—relatives are like snakes. This proverb resembles the Arab "Relatives are like scorpions." After talking about Gennaro, she began her usual complaint about the foreigners who make trouble in Piazza Vittorio and why don't the police arrest criminals like Iqbal the Pakistani who sells drugs and runs a prostitution ring. What she doesn't know or perhaps doesn't want to hear is that Iqbal is Bangladeshi, not Pakistani, and that he's not a drug pusher and has nothing to do with prostitution. Iqbal is a member of a cooperative made up of fifty Bangladeshis, and he doesn't own either the van or the shop. I've never seen anyone work like him. He's a human bee. I thought of telling Benedetta everything I know about Iqbal, then I thought twice: to what end? It's really pointless to know the truth. The only consolation is this nighttime wailing. Auuuuuuuu . . .

Tuesday October 26, 10:53 P.M.

This morning Benedetta told me, "Today they're going to

la sentenza definitiva su Giulio Andreotti. Io non mi fido dei pentiti che accusano le persone per bene come Andreotti solo per mescolare le carte». Aspetta il verdetto con molta ansia, vuole sapere la verità sui rapporti tra stato e mafia. Questa sera ho finito di leggere *Il giorno della civetta* di Leonardo Sciascia, considerato uno dei romanzi più belli mai scritti sulla mafia, e mi sono soffermato su questo passaggio: "La verità è nel fondo di un pozzo: lei guarda in un pozzo e vede il sole o la luna; ma se si butta giù non c'è più né sole né luna, c'è la verità".

announce the final judgment on Giulio Andreotti. I don't trust informers who accuse upstanding people like Andreotti just to muddy the waters." She is waiting very anxiously for the verdict, she wants to know the truth about the relationship between the state and the Mafia. Tonight I finished reading *The Day of the Owl* by Leonardo Sciascia, which is considered one of the best novels ever written about the Mafia, and I stopped at this passage: "The truth is at the bottom of a well: look into a well and you see the sun or the moon; but throw yourself down and there is neither sun nor moon, there is the truth."

La verità di Iqbal Amir Allah

Il signor Amedeo è uno dei pochi italiani che viene a comprare nel mio negozio. È un cliente ideale: paga in contanti, e non ho mai scritto il suo nome sul quadernetto dei debitori. C'è una gran bella differenza tra lui e il resto dei clienti come i bengalesi, i pakistani e gli indiani, che pagano alla fine del mese. Conosco i loro problemi. Pochi possono permettersi un'entrata fissa ogni mese, mentre il resto vive come gli uccelli: ogni giorno si procura il cibo. Sono tanti i bengalesi che vendono l'aglio nei mercati la mattina, i fiori nei ristoranti di notte e gli ombrelli nei giorni piovosi.

Il signor Amedeo è un italiano diverso dagli altri: non è fascista, voglio dire non è un razzista che odia gli stranieri come quello stronzo di Gladiatore che ci disprezzava e umiliava tutti. Vi dico la verità: quel figlio di puttana ha avuto quel che meritava. Anche la portiera napoletana è razzista, perché non mi lascia usare l'ascensore per consegnare la spesa agli inquilini del palazzo che sono miei clienti. Mi odia senza motivo e non risponde quando la saluto. Anzi, lo fa apposta per offendermi quando mi chiama 'O Pachistano! Le ho detto più volte: «Io sono bengalese e non ho niente a che fare con il Pakistan, anzi, il mio odio per i pakistani non ha limiti». Durante la guerra d'indipendenza del 1971 i soldati pakistani hanno stuprato molte delle nostre donne. Ricordo ancora la mia povera zia che si suicidò per non gettare vergogna sulla nostra famiglia. Ah, se avessimo la

THE TRUTH ACCORDING TO IQBAL AMIR ALLAH

Signor Amedeo is one of the few Italians who shop in my store. He's an ideal customer: he pays cash—I've never written his name in my credit book. There's a real difference between him and the rest of the customers, like the Bangladeshis, the Pakistanis, and the Indians, who pay at the end of the month. I'm well acquainted with their problems. A few can afford a fixed amount every month, while the rest live like the birds: they get their food day by day. There are a lot of Bangladeshis who sell garlic in the markets in the morning, flowers in the restaurants at night, and umbrellas on rainy days.

Signor Amedeo is different from the other Italians: he's not a fascist, I mean he's not a racist who hates foreigners, like that shit Gladiator who despises us and humiliates everyone. I'm telling you the truth: that bastard got what he deserved. The Neapolitan concierge is a racist, too, because she won't let me use the elevator when I deliver groceries to my customers who live in her building. She hates me for no reason and won't answer when I say hello. In fact, she insults me on purpose, calling me Hey Pakistani! I've told her many times, "I'm Bangladeshi, and I have nothing to do with Pakistan, in fact I have an unbounded hatred for the Pakistanis." During the war of independence in 1971, Pakistani soldiers raped many of our women. I can't forget my poor aunt, who killed herself in order not to bring

bomba atomica! Io dico che i pakistani meritano di morire come i giapponesi durante la Seconda guerra mondiale. Non parliamo poi del professore milanese che mi ha addirittura chiesto di mostrargli un'autorizzazione per usare l'ascensore. Mi sono domandato se ci voglia un permesso di soggiorno apposito per usare l'ascensore.

Quando vedo il signor Amedeo con il suo amico iraniano Parviz nel bar Dandini mi sento felice. Dico tra me e me: «Quanto è bello vedere un cristiano e un musulmano come due fratelli: non esiste differenza tra Cristo e Maometto, tra il Vangelo e il Corano e tra la chiesa e la moschea!». Il mio lungo soggiorno a Roma mi permette di distinguere tra l'italiano razzista e il tollerante: il primo non ti sorride e non risponde al tuo saluto se gli dici ciao, buongiorno o buonasera. Se ne frega di te come se non esistessi, anzi, desidera dal profondo del cuore che tu ti trasformi in uno schifoso insetto da schiacciare senza pietà. Mentre l'italiano tollerante sorride molto e saluta per primo, come il signor Amedeo che mi sorprende sempre con il suo saluto islamico: «Assalam alikum!». Conosce l'Islam molto bene. Una volta mi ha detto che il profeta Maometto ripeteva che "sorridere a qualcuno è come fare un'elemosina".

Il signor Amedeo è l'unico italiano che mi risparmia domande imbarazzanti sul velo, il vino, il maiale ecc. Deve aver viaggiato tanto nei paesi musulmani, soprattutto visto che sua moglie, la signora Stefania, possiede un'agenzia turistica vicino a via Nazionale. Gli italiani non conoscono l'Islam come si deve. Credono che sia la religione dei divieti: è proibito bere il vino! È proibito fare sesso fuori dal matrimonio! Una volta Sandro, il proprietario del bar Dandini, mi ha domandato:

«Quante mogli hai?».

«Una».

shame on the family. Ah, if only we had had the bomb! I say the Pakistanis deserve to die like the Japanese in the Second World War. Not to mention the professor from Milan, who even asked me to show him authorization to use the elevator. I wondered if you need a residency permit just for the elevator.

When I see Signor Amedeo with his Iranian friend Parviz in the Bar Dandini I feel happy. I say to myself, "How nice to see a Christian and a Muslim like two brothers: there is no difference between Christ and Mohammed, between the Gospel and the Koran, between church and mosque!" Because I've been in Rome a long time I can distinguish between racists and tolerant Italians: the racists don't smile at you and don't answer if you say ciao, or good morning, or good evening. They don't give a damn about you, as if you didn't exist; in fact, they wish from the bottom of their heart that you would turn into a repulsive insect to be ruthlessly crushed. While tolerant Italians smile a lot and greet you first, like Signor Amedeo, who always surprises me with his Islamic greeting: "*Assalam alaikum.*" He knows Islam well. Once he told me that the prophet Mohammed said that "to smile at someone is like giving alms."

Signor Amedeo is the only Italian who spares me embarrassing questions about the veil, wine, pork, and so on. He must have traveled a lot in Muslim countries; maybe because his wife, Signora Stefania, has a travel agency near Via Nazionale. The Italians don't know Islam properly. They think it's a religion of bans: Drinking wine is forbidden! Sex outside marriage is forbidden! Once Sandro, the owner of the Bar Dandini, asked me:

"How many wives do you have?"

"One."

Ha riflettuto un po' e poi mi ha detto:

«Tu non sei un vero musulmano, e quindi niente vergini per te in paradiso perché il musulmano è obbligato a fare la preghiera cinque volte al giorno e fare il Ramadan e sposare quattro donne».

Ho provato a spiegargli che sono povero, e non ricco come gli emiri del Golfo che possono mantenere quattro famiglie nello stesso tempo, ma non l'ho visto convinto delle mie parole. Alla fine mi ha detto:

«Io rispetto voi maschi musulmani, perché amate molto le donne come noi stalloni di Roma e vi stanno sul cazzo i froci».

E Sandro non è l'unico che mi dice: «Tu non sei un vero musulmano!». C'è l'arabo Abdu, il venditore di pesce a piazza Vittorio. Quello stronzo non la finisce mai di provocarmi, mi fa saltare i nervi. Ora giura che il vero musulmano deve conoscere l'arabo, ora critica il mio cognome Amir Allah, che considera un'offesa all'Islam. Una volta mi ha detto:

«Io mi chiamo Abdellah e tu ti chiami Amir Allah. Se tu conoscessi l'arabo, comprenderesti la differenza tra Abdellah, che significa Schiavo di Dio, e Amir Allah, che vuol dire Principe di Dio».

Allora gli ho risposto che questo è il nome di mio padre e non lo cambierò mai, e a quel punto lui mi ha detto che sono un miscredente perché mi considero un principe superiore a Dio. Questo è un arabo estremista e merita che gli si tagli la lingua.

Il signor Amedeo è un ricercato? Non posso credere a questa accusa. La cosa che mi lascia perplesso è la notizia che tutti i telegiornali hanno trasmesso: il signor Amedeo non è italiano, è immigrato come me. Io non mi fido dei giornalisti della tv, perché cercano sempre lo scandalo e ingigantiscono tutti i problemi. Quando sento quello che si dice di

He reflected for a moment, then said:

"You're not a real Muslim, so no virgins for you in paradise, because Muslims are supposed to pray five times a day and observe Ramadan and marry four women."

I tried to explain to him that I'm poor, I'm not rich like the emirs of the Gulf, who can maintain four families at the same time, but I didn't see that he was convinced by my explanation. In the end he said to me:

"I respect you Muslim men, because you love women the way we Roman studs do, and faggots really piss you off."

And Sandro isn't the only one who says to me: "You're not a real Muslim." There's the Arab Abdu, who sells fish in Piazza Vittorio. That asshole never stops hassling me—he gets on my nerves. One moment he swears that the true Muslim has to know Arabic, the next he criticizes my last name, Amir Allah, which he considers an offense against Islam. Once he said to me:

"My name is Abdallah and you are Amir Allah. If you knew Arabic, you'd understand the difference between Abdallah, which means Slave of God, and Amir Allah, which means Prince of God."

So I told him that's my father's name and I won't ever change it, so then he called me a heretic because I consider myself a prince superior to God. This is an extremist Arab and he deserves to have his tongue cut out.

Signor Amedeo is a wanted man? I can't believe that charge. What really puzzles me is the story that all the news shows have broadcast: that Signor Amedeo is not Italian, he's an immigrant like me. I don't trust the TV reporters, because they're always looking for scandals, and they exaggerate every problem. When I hear the bad things that are said about Piazza Vittorio it makes me suspicious: I wonder if they're actually talking about the place

brutto su piazza Vittorio mi viene un dubbio: mi chiedo se davvero stiano parlando dello stesso posto dove vivo da dieci anni oppure del Bronx che vediamo nei film polizieschi.

Il signor Amedeo è buono come il succo del mango. Ci aiuta a presentare i ricorsi amministrativi, ci dà consigli efficaci per affrontare tutti i problemi burocratici. Ricordo ancora come mi ha aiutato a risolvere il problema che mi ha causato l'ulcera. Tutto è cominciato quando sono andato a ritirare il permesso di soggiorno in questura e mi sono accorto che avevano scambiato il mio nome con il cognome. Ho spiegato che il mio nome era Iqbal e il mio cognome Amir Allah, che è anche il nome di mio padre perché per tradizione in Bangladesh il nome del figlio o della figlia si accompagna a quello del padre. Purtroppo i miei tentativi sono stati vani. Andavo tutti giorni al commissariato, finché l'ispettore un giorno ha perso la pazienza:

«Io mi chiamo Mario Rossi e quindi non c'è differenza tra Mario Rossi e Rossi Mario, così come non ce n'è tra Iqbal Amir Allah e Amir Allah Iqbal!».

Poi, con il permesso di soggiorno in mano:

«Questa è la tua foto?».

«Sì».

«Questa è la tua firma?».

«Sì».

«Questo è il tuo indirizzo?».

«Sì».

«Questa è la tua data di nascita?».

«Sì».

«Quindi non c'è nessun problema, non è vero?».

«No, c'è un grosso problema. Mi chiamo Iqbal Amir Allah e non Amir Allah Iqbal!».

A quel punto si è arrabbiato e mi ha minacciato:

«Non capisci un cazzo. Se torni qui un'altra volta ti strappo

where I've lived for ten years or the Bronx we see in cop movies.

Signor Amedeo is as good as mango juice. He helps us present our administrative appeals and gives us useful advice for dealing with all our bureaucratic problems. I still remember how he helped me solve the problem that gave me an ulcer. It began when I went to get my residency permit at the police station and realized that they had mixed up my first and last names. I explained that my first name is Iqbal and my last name is Amir Allah, which is also my father's name, because in Bangladesh the name of the son or daughter is traditionally accompanied by the father's. Unfortunately all my attempts were in vain. I went to the police station every day, until one day the inspector lost patience:

"My name is Mario Rossi, and there's no difference between Mario Rossi and Rossi Mario, just as there is none between Iqbal Amir Allah and Amir Allah Iqbal!"

Then, with the residency permit in his hand:

"This is your photograph?"

"Yes."

"This is your signature?"

"Yes."

"This is your date of birth?"

"Yes."

"Then there's no problem, right?"

"Wrong, there's a huge problem. My name is Iqbal Amir Allah, not Amir Allah Iqbal."

At that point he got angry and threatened me:

"You don't understand a goddam thing. If you come back one more time I'll seize your residency permit, take you to Fiumicino airport, and put you on the first plane to Bangladesh! I don't want to see you here one more time, get it?"

il permesso di soggiorno, ti porto all'aeroporto di Fiumicino e ti faccio salire sul primo aereo in partenza per il Bangladesh! Non voglio più vederti qui, hai capito?».

Ne ho parlato subito con il signor Amedeo, confidandogli che avevo paura di Amir Allah Iqbal e che sarebbero potuti derivare una quantità di problemi in futuro a causa di questo scambio di nome. Mettiamo per esempio che chi si chiama Amir Allah Iqbal sia un grande criminale o uno spietato spacciatore o un pericoloso terrorista come quel pakistano Yussef Ramsi catturato recentemente dagli americani. Se adottassi questa nuova identità, come farei a dimostrare che i miei figli sono miei veramente? Come farei a dimostrare che mia moglie è mia veramente? Cosa succederebbe se vedessero l'atto di matrimonio e scoprissero che il marito di mia moglie non sono io ma un'altra persona che si chiama Iqbal Amir Allah? Come farei a riavere i miei soldi dalla banca? Dopo questo lungo sfogo il signor Amedeo mi ha promesso che sarebbe intervenuto per liberarmi da quest'incubo.

Pochi giorni dopo ha mantenuto la promessa e mi ha accompagnato alla questura di via Genova. Era la prima volta che entravo in un ufficio di polizia senza dover aspettare un'ora o due. Ci aspettava il suo amico, il commissario Bettarini, che mi ha chiesto il permesso di soggiorno. Poi è uscito dall'ufficio, è tornato dopo pochi minuti, e proprio non ho creduto alle mie orecchie quando mi ha detto:

«Signor Iqbal Amir Allah, ecco qui il suo nuovo permesso di soggiorno!».

Prima di ringraziarlo ho dato un'occhiata al volo alle prime righe del documento. Nome: Iqbal. Cognome: Amir Allah. Ho tirato un sospiro di sollievo, davvero mi ero tolto un peso di dosso. Uscendo dalla questura mi è venuta un'idea geniale: «Sa, signor Amedeo, mia moglie è incinta e fra poco sarò padre per la quarta volta. Ho deciso di chiamare mio figlio

I immediately talked to Signor Amedeo about it, confessing that I was afraid of Amir Allah Iqbal and that a lot of problems could arise in the future because of this change of name. Let's say for example that someone whose name is Amir Allah Iqbal is a serious criminal or a ruthless drug dealer or a dangerous terrorist like that Pakistani Yussef Ramsi the Americans captured recently. If I adopted that new identity, how would I prove that my children are really mine? How would I prove that my wife is really mine? What would happen if they saw the marriage license and discovered that the husband of my wife is not me but another person, whose name is Iqbal Amir Allah? How would I get my money out of the bank? After my outburst Signor Amedeo promised that he would intervene to release me from this nightmare.

A few days later he kept his promise and went with me to the police station on Via Genova. It was the first time I had gone to a police station without having to wait for one or two hours. His friend, Inspector Bettarini, was expecting us, and he asked for my residency permit. Then he left the office, came back in a few minutes, and I really couldn't believe my ears when he said to me:

"Signor Iqbal Amir Allah, here is your new residency permit!"

Before thanking him I glanced quickly at the first lines of the document. Name: Iqbal. Surname: Amir Allah. I breathed a sigh of relief, truly a big weight had been lifted off my shoulders. As we were leaving the police station I had a brilliant idea: "You know, Signor Amedeo, my wife is pregnant and soon I'll be a father for the fourth time. I've decided to call my son Roberto. His name will be Roberto Iqbal!" And so it was. My wife had a boy and I called him Roberto. It's the only way for him to avoid the disaster of a

Roberto. Il suo nome sarà Roberto Iqbal!». Detto fatto. Mia moglie ha partorito un maschio e l'ho chiamato subito Roberto. È l'unico modo per evitargli la disgrazia dello scambio tra il nome e il cognome. Sarà impossibile cadere in errore perché Roberto, Mario, Francesco, Massimo, Giulio e Romano sono tutti nomi e non cognomi. Devo fare del mio meglio per risparmiare a mio figlio Roberto questi gravi problemi. Un buon padre deve badare al futuro dei propri figli.

Non so dove si trovi adesso, però sono sicuro di una cosa: il signor Amedeo non è un immigrato né un criminale! Io sono certo della sua innocenza. Non si è macchiato del sangue di quel giovane che non sorrideva mai. Lo conosco da quando facevo lo scaricatore a piazza Vittorio prima che fondassimo la cooperativa. Conosco anche sua moglie, la signora Stefania, è amica di mia moglie. Mi ha aiutato a trovare la casa dove abito tuttora, dato che il proprietario rifiutava di affittarla agli immigrati. Mi ha pure convinto a mandare mia moglie a scuola per imparare l'italiano. Spero davvero che Roberto diventi come il signor Amedeo. Adesso devo solo decidere se mandarlo all'asilo italiano o alla scuola islamica dove imparerebbe il Corano e la lingua bengalese.

mix-up between name and surname. It will be impossible to make a mistake because Roberto, Mario, Francesco, Massimo, Giulio, and Romano are all first names, not last names. I must do all I can to spare my son Roberto these serious problems. A good father should look out for his children's future.

I don't know where he is now, but I'm sure of one thing: Signor Amedeo is not an immigrant or a criminal! I'm positive he is innocent. He isn't stained with the blood of that young man who never smiled. I've known him ever since I unloaded trucks in Piazza Vittorio, before we started the cooperative. I also know his wife, Signora Stefania, she's a friend of my wife. He helped me find the house where I live, even though the owner had refused to rent to immigrants. He even persuaded me to send my wife to school to learn Italian. I really hope that Roberto turns out to be like Signor Amedeo. Now I just have to decide whether to send him to the Italian nursery school or the Islamic school, where he would learn the Koran and the Bengali language.

Terzo ululato

Martedì 24 febbraio, ore 22.39

Questa mattina Iqbal mi ha chiesto se conoscevo la differenza tra il tollerante e il razzista. Gli ho risposto che il razzista è in contrasto con gli altri perché non li crede al suo livello, mentre il tollerante tratta gli altri con rispetto. A quel punto si è avvicinato a me, per non farsi sentire da nessuno come se stesse per svelare un segreto, e mi ha sussurrato: «Il razzista non sorride!».

Ho pensato tutto il giorno al razzista che rifiuta di sorridere e mi sono reso conto che Iqbal ha fatto un'importante scoperta. Il problema del razzista non è con gli altri ma con se stesso. Direi di più: non sorride al prossimo perché non sa sorridere a se stesso. È proprio giusto quel proverbio arabo che dice: "Chi non ha non dà".

Lunedì 26 gennaio, ore 22.05

Questa sera, vicino a piazza Venezia, ho incontrato Iqbal. Mi ha detto che soffre di ulcera, poi mi ha guardato con tristezza dicendomi: «Amir Allah Iqbal mi ucciderà!». Il tono delle sue parole mi ha convinto a prenderlo sul serio. All'inizio ho pensato che Amir Allah Iqbal fosse una persona che lo minacciava e voleva ucciderlo veramente, per questo ho chiesto altre spiegazioni che potessero aiutarmi a capire. Ci siamo seduti in un bar.

«Hai fatto denuncia alla polizia?».

Third Wail

Tuesday February 24, 10:39 P.M.

This morning Iqbal asked me if I knew the difference between a tolerant person and a racist. I answered that a racist is in conflict with others because he doesn't believe they're on his level, while a tolerant person treats others with respect. At that point he came closer to me, and, in order not to be heard by anyone, as if he were about to reveal a secret, he whispered, "Racists don't smile!"

I thought all day about racists who refuse to smile and I realized that Iqbal has made an important discovery. The racist's problem is not with others but with himself. I would go further: he doesn't smile at his fellow-man because he doesn't know how to smile at himself. The Arab proverb that says "He who has nothing gives nothing" is very true.

Monday June 26, 10:05 P.M.

Tonight, near Piazza Venezia, I ran into Iqbal. He told me that he's suffering from an ulcer, then he looked at me sadly and said, "Amir Allah Iqbal will kill me!" His tone of voice persuaded me to take him seriously. At first I thought Amir Allah Iqbal was a person who was threatening him and wanted to kill him, and I asked him to explain, so that I could understand. We sat down in a café.

"Did you make a report to the police?"

"I've made many reports, but they threw me out."

«Ho presentato più denunce, però mi hanno cacciato».

Per fortuna i miei timori non sono durati a lungo. Iqbal ha tirato fuori il permesso di soggiorno e mi ha raccontato la storia dello scambio tra il nome e il cognome. Si è soffermato a lungo sul problema della somiglianza dei nomi e mi ha raccontato una storia, quella di un uomo in Bangladesh impiccato per sbaglio perché il suo nome corrispondeva perfettamente a quello di un criminale pericoloso. Mi ha guardato trattenendo le lacrime: «Tu mi conosci, signor Amedeo, mi chiamo Iqbal Amir Allah e non ho niente a che fare con Amir Allah Iqbal! Sei l'unico testimone italiano in grado di salvarmi dalle accuse che mi saranno rivolte in futuro». Sono rimasto colpito dalle sue parole. Gli ho promesso che l'avrei aiutato e subito. Domattina chiamerò Bettarini, che ha contribuito molto a risolvere il problema dei piccioni di piazza Santa Maria Maggiore e a evitare a Parviz tanti guai.

Giovedì 30 gennaio, ore 23.19

Questa mattina ho accompagnato Iqbal in questura. Il commissario Bettarini è riuscito a risolvere tutto in pochi minuti. La gioia di Iqbal era incontenibile. Dopo aver salutato il commissario Bettarini, ha insistito per invitarmi a bere un tè in un bar vicino. È davvero deciso a chiamare il suo prossimo figlio Roberto per facilitare il compito della polizia quando dovrà distinguere il nome dal cognome, e così eviterà al figlio la disgrazia della confusione dei nomi. Iqbal è fiero del fatto che suo figlio sarà il primo nella storia del Bangladesh a portare il nome Roberto. Poi ha aggiunto: «Io so che per voi italiani i nostri nomi sono difficili da pronunciare, ma così sono sicuro che a mio figlio gli italiani sorrideranno molto!». Non ho voluto interromperlo, l'ho lasciato finire e poi gli ho chiesto: «Cosa succederebbe se tua moglie partorisse una femmina?».

Luckily my fears didn't last long. Iqbal pulled out his residency permit and told me the story of the mix-up of name and surname. He lingered for a long time on the problem of the similarity of names and told me a story about a man in Bangladesh who was hanged by mistake because his name corresponded exactly to that of a dangerous criminal. He looked at me, holding back tears: "You know me, Signor Amedeo, my name is Iqbal Amir Allah and I have nothing to do with Amir Allah Iqbal! You're the only Italian witness who can save me from future accusations." His words struck me. I promised that I would help him, right away. Tomorrow morning I'll call Bettarini, who was so helpful in resolving the problem of the pigeons of Piazza Santa Maria Maggiore and preventing a lot of trouble for Parviz.

Thursday January 30, 11:19 P.M.

This morning I went with Iqbal to the police station. Inspector Bettarini managed to take care of everything in a few minutes. Iqbal's joy was uncontainable. After saying goodbye to the Inspector, he insisted on inviting me to have tea in a café nearby. He's decided to name his next child Roberto, to make the job of the police easier when they have to distinguish his first and last name, and so protect his son from the same problem of the confusion of names. Iqbal is proud of the fact that his son will be the first child in the history of Bangladesh to have the name Roberto. Then he added, "I know that for you Italians our names are hard to pronounce, but this way I feel certain that all Italians will smile at my son!" I didn't want to interrupt. I let him finish and then I asked him, "What will happen if your wife has a girl?"

He reflected for a few seconds and then said, "I'll call

Ha riflettuto qualche secondo e poi ha detto: «La chiamerò Roberta! Si chiamerà Roberta Iqbal! Ti giuro che non c'è una femmina che porta il nome Roberta in tutto il Bangladesh». Non ho resistito al desiderio di ridere. Abbiamo riso insieme, indifferenti agli sguardi dei clienti del bar. Medici di tutto il mondo, unitevi! Inventate un nuovo rimedio per curare i razzisti dall'invidia e dall'odio. Iqbal ha diagnosticato la loro malattia: abbiamo bisogno di compresse come l'aspirina per aiutare questi disgraziati a sorridere.

Martedì 16 novembre, ore 23.39

Stasera sono andato con Parviz a comprare riso e alcune spezie da Iqbal. Parlando abbiamo discusso dei volantini contro gli immigrati sui muri di piazza Vittorio. Iqbal indicava una cassetta di mele che si trovava di fronte a lui: «Quando vedo una mela marcia la isolo subito dal resto delle mele, perché, se la lasciassi al suo posto, tutte le mele si rovinerebbero. Perché la polizia non si comporta con fermezza con gli immigrati delinquenti? Che colpa hanno quelli onesti che sudano per un pezzo di pane?».

Le parole di Iqbal mi hanno aperto gli occhi. L'etichetta di criminale a qualsiasi immigrato senza distinzione è un déjà vu. Quanto hanno sofferto gli immigrati italiani negli Stati Uniti per l'accusa di mafia! Certo, sembra proprio che gli italiani non abbiano imparato nulla dalle lezioni del passato.

Venerdì 30 ottobre, ore 23.04

Oggi Iqbal mi ha detto con orgoglio che il suo primogenito Mahmood parla molto bene l'italiano, è lui che accompagna sua madre nei giri quotidiani come per esempio andare dal medico o altro. Gli ho chiesto se la moglie parlasse italiano e mi ha risposto che i bengalesi non mandano le mogli a scuola perché l'Islam proibisce la promiscuità. Quando sono tornato

her Roberta! Her name will be Roberta Iqbal. I swear that there is not a girl in Bangladesh who has the name Roberta." I couldn't resist the impulse to laugh. We laughed together, indifferent to the glances of the other customers. Doctors of the world unite! Invent a new remedy to cure racists of envy and hatred. Iqbal has diagnosed their illness: we need a pill like aspirin to help those wretched people smile.

Tuesday November 16, 11:39 P.M.

Tonight I went with Parviz to buy rice and spices from Iqbal. As we were talking, the subject came up of some anti-immigrant posters on the walls in Piazza Vittorio. Iqbal pointed to a box of apples in front of him: "When I see a rotten apple I immediately separate it from the rest of the apples, because if I left it there all the apples would be spoiled. Why can't the police be strict with immigrants who are criminals? Why should the honest ones who sweat for a piece of bread suffer!"

Iqbal's words opened my eyes. Labeling any immigrant a criminal, without distinction, is a déjà vu. Italian immigrants in the United States were accused of being in the Mafia, and suffered tremendously. Certainly, the Italians don't seem to have learned anything from the lessons of history.

Friday October 30, 11:04 P.M.

Today Iqbal told me with pride that his firstborn, Mahmood, speaks Italian very well. He's the one who goes with his mother on her daily rounds, to the doctor, for example, or wherever. I asked him if his wife speaks Italian, and he said that the Bangladeshis don't send their wives to school because Islam prohibits them from mixing with the opposite sex. When I got home I discussed this with

a casa ne ho parlato con Stefania, e le ho proposto di organizzare corsi di italiano per donne bengalesi. Stefania ha apprezzato l'idea, ma a patto che convincessi Iqbal e i suoi amici.

Martedì 26 marzo, ore 23.49

Dopo una lunga esitazione Iqbal ha accettato la proposta dei corsi d'italiano per donne a cui parteciperà sua moglie e di cui Stefania è l'insegnante. Ho chiesto a Iqbal di convincere gli altri mariti bengalesi a fare lo stesso.

Venerdì 9 febbraio, ore 23.12

Questa sera mi sono soffermato a lungo su queste parole di *Totem e Tabù* di Freud: "Il nome di un essere umano è un elemento del suo essere, anzi, è una parte della sua anima".

Stefania, and proposed that she should organize Italian classes for Bangladeshi women. Stefania agreed, provided I could persuade Iqbal and his friends.

Tuesday March 26, 11:49 P.M.

After much hesitation Iqbal accepted the idea of an Italian class for women; his wife will attend and Stefania will teach it. I asked Iqbal to get other Bangladeshi husbands to send their wives.

Friday February 9, 11:12 P.M.

Tonight I lingered for a long time over these words from Freud's *Totem and Taboo:* "A human being's name is a principal component in his person, perhaps a piece of his soul."

La verità di Elisabetta Fabiani

Sono andata dall'avvocato per intentare una causa contro ignoti. Chi ha causato un danno al piccolo Valentino deve essere punito. Quello che ha detto la portiera Benedetta sui cinesi mi ha insospettita. All'avvocato ho fatto solo una domanda: «La legge punisce chi mangia carne di cane?». E lui stupito: «Non ho mai affrontato un quesito del genere», e mi ha chiesto un po' di tempo per consultare il codice penale e chiedere consiglio ai colleghi. Non sono rimasta con le mani in mano. Ho contattato le associazioni umanitarie come Amnesty International, però sono rimasta scioccata. La loro risposta è stata: «Noi difendiamo l'uomo e non gli animali». Io dico che questo paese non è civile. Un anno fa sono stata in Svizzera e ho visto con i miei occhi come vengono trattati i cani. Sono tanti i negozi di parrucchiere, le cliniche e i ristoranti esclusivi per cani. Anzi, ho visitato un piccolo cimitero a Ginevra dove si seppelliscono gli amici più fedeli dell'uomo! Quand'è che l'Italia sarà un paese civile come la Svizzera?

Il signor Amedeo è l'unica persona tollerante nel palazzo. Non si è mai infastidito quando Valentino abbaiava, anzi, lo trattava con affetto e tenerezza. Stefania, sua moglie, odia i cani e si è lamentata più volte di Valentino. Le ho detto che abbaiare è l'unica lingua con la quale esprime la sua gioia, la sua tristezza, la sua rabbia e le sue emozioni. Non dobbiamo costringerlo al silenzio, dobbiamo essere tolleranti con lui

The Truth According to Elisabetta Fabiani

I went to a lawyer to bring suit against unknown persons. Whoever hurt little Valentino has to be punished. What Benedetta, the concierge, said about the Chinese made me suspicious. I asked the lawyer only one question: "Does the law punish people who eat dogs?" And he, taken aback, said, "I've never dealt with a question of that sort," and asked for time to consult the penal code and get advice from colleagues. I didn't sit there twiddling my thumbs. I got in touch with humanitarian groups like Amnesty International, and I have to say I was shocked. Their response was "We defend men, not animals." I say this country is not civilized. A year ago I was in Switzerland and I saw with my own eyes how dogs are treated. There are hairdressers, clinics, and restaurants exclusively for dogs. In fact, I visited a little cemetery in Geneva where man's best friends are buried. When will Italy become a civilized country like Switzerland?

Signor Amedeo is the only tolerant person in this building. He was never irritated by Valentino's barking, in fact, he was affectionate and kind to him. Stefania, his wife, hates dogs and was always complaining about Valentino. I told her that barking is the only language he has to express his joy, his sadness, his rage, and other emotions. We mustn't force him to be silent; we should be patient with him when he pees in the elevator, because he's like a child. Do we spank children when they wet their beds? We all know that dogs pee and sniff

quando fa pipì nell'ascensore perché è come un bambino. Picchiamo per caso i bambini quando fanno pipì nel letto? Tutti sappiamo che i cani fiutano l'urina e l'annusano per comunicare con il mondo esterno. Vogliamo togliere ai cani i loro diritti naturali e legittimi? Una volta non ho sopportato l'aggressione di Stefania nei confronti del piccolo Valentino e le ho gridato in faccia: «Sei una razzista, una fanatica, e non ti permetto di offendere Valentino!». Dopo questa vicenda ha rotto con me per anni, mentre il signor Amedeo ha continuato a salutarmi come se non fosse successo niente. Andrò all'ambasciata cinese a Roma, chiederò loro di intervenire. Solo così potrò riabbracciare il povero Valentino rapito.

Lo stato italiano deve rimanere al mio fianco. Non sono forse una buona cittadina? Non pago le tasse puntualmente prima delle scadenze? Non posso forse rivendicare i miei diritti garantiti dalla Costituzione? Non sono forse una buona cattolica che assolve i suoi doveri religiosi come si deve? Ho scritto tre lettere di sollecito al Santo Padre, al presidente della Repubblica e al presidente del consiglio. Ognuno deve assumersi le proprie responsabilità.

Se i sospetti della portiera napoletana sul coinvolgimento dei cinesi nel rapimento di Valentino risulteranno veri, allora il minimo che le autorità italiane potranno fare per dimostrarmi solidarietà sarà di interrompere le relazioni diplomatiche con la Cina e sbattere i proprietari dei ristoranti cinesi in galera. No, questo è poco, bisogna cacciare la Cina dall'Onu e imporle l'embargo. No, anche questo non mi soddisfa. Bisogna dichiarare la guerra alla Cina. L'Italia non è forse, in quanto membro della Nato, legittimata a dichiarare guerre? Una parte delle tasse che pago non viene per caso depositata nelle casse della Nato? Non ci sono forse basi militari americane sul territorio italiano?

Vi sono anche altri sospetti che gravano su Marina, la

urine to communicate with the outside world. Do we want to take away their natural and legitimate rights? One time, I got fed up with Stefania's aggressiveness toward little Valentino and I yelled at her, "You're a racist, a fanatic, and I will not allow you to insult Valentino!" After that she didn't speak to me for years, whereas Signor Amedeo continued to greet me as if nothing had happened. I'm going to go to the Chinese embassy in Rome, I'll ask them to intervene. That's the only way I'll ever hold poor kidnapped Valentino in my arms again.

The Italian state should be on my side. Am I not a good citizen? Don't I pay my taxes regularly, before the deadline? Can't I claim the rights guaranteed me by the constitution? Aren't I a good Catholic who performs her religious duties properly? I've written three letters of reminder, to the Holy Father, the President of the Republic, and the Prime Minister. Each of them should carry out his proper responsibilities.

If Benedetta the Neapolitan's suspicions about the involvement of the Chinese in Valentino's kidnapping are true, then the least the Italian authorities could do to show solidarity would be to cut off diplomatic relations with China and throw the owners of Chinese restaurants in jail. No, that's nothing, they should kick China out of the U.N. and place it under embargo. No, that wouldn't satisfy me, either. Isn't it legitimate for Italy, as a member of NATO, to declare war? Aren't some of the taxes I pay deposited in NATO's coffers? Aren't there American military bases in Italian territory?

Suspicion also falls on Marina, Benedetta's daughter-in-law, who every time she saw Valentino never stopped saying, "What a sweetie! What a sweetie!" Everyone knows that Marina is Sardinian, and Sardinia is famous for kidnappings.

nuora di Benedetta, che non smetteva mai di ripetere ogni volta che vedeva Valentino: «Sei un tesoro! Sei un tesoro!». Lo sanno tutti che Marina è sarda, e la Sardegna è famosa per i rapimenti. Vi ricordate la vicenda di Fabrizio De André e dell'imprenditore Giuseppe Soffiantini? Non c'è dubbio che hanno modificato la loro strategia passando dagli uomini ai cani, avendo capito quanto la gente adori i cani. Aspetto la telefonata dei rapitori per pagare il riscatto. Non informerò ancora la polizia per non mettere in pericolo la vita di Valentino. Sono pronta a spendere tutti i soldi che ho pur di riavere Valentino. Sono sola senza Valentino, non posso vivere senza di lui.

Mi hanno distrutto un grande sogno. Volevo che Valentino diventasse un attore famoso come il commissario Rex che pedina i criminali e li arresta. Il giovane olandese Johan mi ha chiesto di partecipare al film che vuole girare a piazza Vittorio. Gli ho posto una condizione perché io accetti: che Valentino partecipi al film. All'inizio ha esitato, poi ha detto di sì. Stavo preparando Valentino per il futuro, dopo la batosta ricevuta dal mio unico figlio. Prima di lasciare casa per sempre e raggiungere quei suoi amici dei centri sociali Alberto mi ha detto: «In questa casa tu sei una carceriera, e io voglio vivere senza sbarre! Questa casa è un mercato, tu sei una commerciante e io sono un cliente. Voglio vivere lontano dalla società del consumo!». Ancora non capisco: che c'entro io con la prigione e il mercato? L'ho supplicato di rimanere, però non si è curato minimamente delle mie lacrime. Il mio primo sogno era che diventasse un grande attore del cinema come Marcello Mastroianni o Alberto Sordi, però ho fallito nel tentativo di farlo arrivare in cima all'olimpo delle star. Io non mi rassegno mai e non accetto la sconfitta né di trovarmi di fronte al fatto compiuto. Per questo ho deciso di allenare Valentino a eseguire i numeri più difficili. Ho seguito

You remember the business with Fabrizio De André and the entrepreneur Giuseppe Soffiantini? Evidently the kidnappers modified their strategy, going from men to dogs, having got the idea how much people love dogs. I'm expecting a call asking for ransom. I won't inform the police, so as not to put Valentino's life in danger. I'm ready to spend all the money I have to get Valentino back. I'm lonely without Valentino, I can't live without him.

My grand dream has been destroyed. I wanted Valentino to become a famous actor, like Inspector Rex, who tracks down criminals and arrests them. That young Dutch boy Johan asked me to be in a film he wants to make in Piazza Vittorio. I said I would accept on one condition: that Valentino should be in the film. At first he hesitated, then he said yes. I was preparing Valentino for the future, after the bashing I got from my only son. Before leaving home forever and joining those friends of his in the social-service cooperatives, Alberto said to me, "You're a jailer in this house, and I want to live without bars. This house is a market, you are a merchant, and I am a client. I want to live far away from consumer society!" I still don't understand: what do I have to do with prisons and markets? I begged him to stay, but he was indifferent to my tears. My first dream was for him to become a great movie actor like Marcello Mastroianni or Alberto Sordi, but I failed to get him into the Olympus of stars. I never give up, though; I won't accept defeat or consider something a fait accompli. That's why I decided to teach Valentino to perform difficult tricks. I went a long way with him and I was just about to reap the fruits of my hard work.

Amedeo an immigrant! How strange. Every so often we watched the demonstrations in Piazza Vittorio for the rights of immigrants: the right to work, to housing, to

con lui un lungo percorso e stavo proprio per cogliere i frutti del duro lavoro.

Amedeo è immigrato! Che strano. Ogni tanto assistiamo alle manifestazioni in piazza Vittorio per i diritti degli immigrati: diritto al lavoro, all'alloggio, alla salute, al voto ecc. Io dico che prima vengono i diritti degli autoctoni, e i cani sono figli di questo paese. Io non mi fido degli immigrati. Ho letto recentemente su un quotidiano che un giardiniere immigrato ha stuprato una signora anziana che gli aveva dato tutto: il permesso di soggiorno, il lavoro, l'alloggio ecc. È questa la ricompensa? Avete mai sentito di un cane che ha stuprato la padrona? Conoscete lo zingaro che frequenta la casa di Amedeo e si siede con lui nel bar Dandini, e che spaccia la droga a piazza Santa Maria Maggiore fingendo di dare da mangiare ai piccioni? Un giorno quel mascalzone mi ha detto:

«Nel mio paese lasciamo sempre i cani fuori di casa».

«Cosa dici?».

«Il compito dei cani è difendere la casa dagli eventuali ladri!».

«Come ti permetti!».

Ho pensato di denunciarlo per diffamazione e razzismo, poi ci ho ripensato per rispetto di Amedeo. Questo zingaro cretino, delinquente, razzista merita l'espulsione immediata dall'Italia. Però il problema è che gli zingari non hanno un paese preciso dove possono essere rispediti!

La verità è che non abbiamo bisogno degli immigrati. Ho sentito un politico in tv dire che l'economia italiana rischia di crollare se vengono a mancare loro. Questa è una bugia diffusa dai comunisti e dai preti della Caritas. Possiamo facilmente rinunciare agli immigrati. È sufficiente allenare i nostri cani come si deve, e smettiamola di usare quella orrenda parola "addestrare". Adesso per esempio ci sono cani istruiti ad alto livello per accompagnare i ciechi fuori casa, per fare

health care, the vote, and so on. I say that the rights of the native-born come first, and dogs are children of this country. I don't trust immigrants. I read recently in the paper that an immigrant gardener raped an old woman who had given him everything: residency permit, job, place to live, and so on. Is that the reward? Have you ever heard of a dog who raped its owner? You know the Gypsy who goes to Amedeo's house and sits with him in the Bar Dandini, and sells drugs in Piazza Santa Maria Maggiore while he's pretending to feed the pigeons? One day that scoundrel said to me:

"In my country we always leave dogs outside the house."

"What do you mean?"

"The job of a dog is to protect the house from thieves!"

"How can you say such a thing!"

I thought of reporting him for defamation and racism, then I changed my mind, out of respect for Amedeo. That stupid, criminal, racist Gypsy should be expelled from Italy immediately. The problem is that the Gypsies don't have a precise country to be sent back to!

The truth is that we don't need immigrants. I heard a politician say on TV that the Italian economy is at risk of collapsing if they stop coming. That is a lie spread by the Communists and the priests from Caritas. We can easily give up immigrants. All we have to do is teach our dogs properly—let's stop using that horrible word "train." Now, for example, there are highly educated dogs who accompany blind people when they go out to do the shopping, and who perform various other duties, just as there are dogs who help find and rescue people buried in the rubble of earthquakes. And let's not forget the dogs who work in airports, train stations, and ports whose job is to sniff out drug smugglers. We don't need immigrants. It's absurd that we teach them

la spesa e svolgere diverse mansioni, così come ci sono cani che aiutano a trovare i dispersi e salvarli dalle macerie dei terremoti. E non dimentichiamo i cani che lavorano negli aeroporti, nelle stazioni, nei porti e si incaricano di far arrestare gli spacciatori di droga. Non abbiamo bisogno degli immigrati. È veramente assurdo che insegniamo loro l'italiano, diamo alloggio, lavoro, e loro ci ricambiano spacciando la droga nei giardini pubblici e stuprando le nostre figlie. È veramente troppo!

Chi ha ucciso il povero Lorenzo Manfredini? Non lo so. Chiedete alla polizia. Io conoscevo bene la vittima. Era amico di mio figlio durante l'infanzia e l'adolescenza, erano sempre insieme come fratelli. Lorenzo è venuto a vivere con la nonna dopo il divorzio dei suoi genitori che si sono fatti una guerra giudiziaria per dividersi il patrimonio e avere l'affidamento del bambino. La nonna non era in grado di educare il nipote, per questo Lorenzo ha abbandonato gli studi molto presto e ha sempre frequentato delinquenti. È molto probabile che sia stato ucciso da una banda rivale. Come a Chicago negli anni Trenta o la banda della Magliana negli anni Settanta.

Il governo deve farsi carico subito della questione del carovita. La soluzione non consiste nell'aumentare le tasse e soffocare i cittadini italiani, ma nel farsi aiutare dai cani che non chiedono niente e svolgono infiniti servizi gratuitamente. Dobbiamo allenarli bene: ad arrestare i criminali, aiutare gli anziani, far funzionare gli apparecchi elettronici, preparare il cibo ecc. Ah, mi sono scordata una cosa importantissima: i cani sono in grado anche di lavorare in fabbrica senza fare storie, perché non fanno mai lo sciopero, non hanno un sindacato. Il governo non vuole forse sbarazzarsi dei sindacati? Non cerca lavoratori obbedienti da licenziare senza conseguenze giudiziarie? Io credo fermamente in ciò che sostiene il professor Antonio Marini: il nostro problema principale è il

Italian, give them jobs and places to live, and they pay us back by selling drugs in public parks and raping our daughters. It's really too much!

Who killed poor Lorenzo Manfredini? I don't know. Ask the police. I knew the victim well. He was a friend of my son's in childhood and adolescence, they were always together, like brothers. Lorenzo came to live with his grandmother when his parents divorced, after a legal battle over the division of their assets and custody of Lorenzo. The grandmother wasn't capable of controlling her grandson, so Lorenzo left school early and has always hung around delinquents. It's very likely that he was killed by a rival gang. Like what happened in Chicago in the thirties or with the Magliana gang here in the seventies.

The government should take up the question of the cost of living right away. The solution is not to raise taxes and suffocate Italian citizens but to let dogs help: they ask nothing and perform infinite services free of charge. We have to teach them well: to arrest criminals, help old people, fix electrical appliances, prepare food, and so on. Ah, I forgot a very important thing: dogs can even work in factories without making trouble, because they don't have a union and they never go on strike. Doesn't the government want to get rid of unions? Isn't it looking for obedient workers that it can fire without legal repercussions? I believe firmly that what Professor Antonio Marini maintains is true: our big problem is underdevelopment. Unfortunately, Italy is an uncivilized country. I say that the moment has arrived to abandon dangerous ideas, such as that dogs are only good for guard duty.

Look here! There's an analogy between Amedeo's disappearance and Valentino's. I think Amedeo is the victim of a kidnapping. The police should arrest the gang of kidnappers

sottosviluppo. Purtroppo l'Italia è un paese incivile. Io dico a voce alta che è giunto il momento di abbandonare per sempre idee dannose come quella secondo cui i cani sono buoni solo per fare la guardia.

Attenti! C'è un'analogia tra la scomparsa di Amedeo e quella di Valentino. Credo che Amedeo sia vittima di un rapimento. La polizia deve arrestare la banda dei rapitori attiva a piazza Vittorio. Non avete ancora capito che c'è un'alleanza segreta tra i sardi e i cinesi? Questa è la conclusione alla quale sono giunta dopo una lunga indagine. Non ho a disposizione prove sufficienti, però ci sono sospetti e gli indizi sono molto inquietanti. Se Valentino non tornerà sano e salvo nei prossimi giorni, non pagherò più le tasse. Anzi, emigrerò in Svizzera senza indugi e non tornerò più in Italia.

that operates in Piazza Vittorio. Can't you see by now that there's a secret alliance between the Sardinians and the Chinese? That's the conclusion I've come to after a long investigation. I don't have enough proof, but a lot of things are suspicious, and the circumstantial evidence is very disturbing. If Valentino isn't back safe and sound in the next few days, I'm not paying taxes anymore. In fact, I'm going to emigrate to Switzerland as soon as I can and I'm never coming back to Italy.

Quarto ululato

Martedì 23 marzo, ore 22.48
La nostra vicina di casa Elisabetta Fabiani è dipendente da due cose: l'amore per i cani e i thriller. È inutile parlare con lei di un argomento dove non si citi un cane o Hitchcock o Agatha Christie, Colombo o Derrick, Montalbano o Poirot. Elisabetta segue i serial tv polizieschi tutti i giorni. Adora follemente la serie *Rex*, che racconta le avventure di un cane che interpreta il ruolo dell'assistente dell'ispettore di polizia e che possiede un'intelligenza fuori dal comune e compie performance straordinarie, da applauso.

Sabato 16 gennaio, ore 23.28
L'abbaiare del cane di Elisabetta assomiglia all'ululato, mi dà un po' di felicità. Stefania non lo sopporta. Questa mattina ha litigato di nuovo con Elisabetta e l'ha minacciata di chiamare la polizia se il suo cagnolino non smetterà di abbaiare a notte fonda. «Sei una razzista, una fanatica, odi gli animali» l'ha accusata Elisabetta. Stefania si è arrabbiata molto e mi ha chiesto con stupore e candore: «Sono razzista e fanatica perché non riesco a dormire la notte a causa di quell'abbaiare insistente?». Le ho risposto: «Certo che sei fanatica, ma solo dell'amore!». A quel punto ha riso e mi ha baciato a lungo.

Martedì 14 novembre, ore 22.57
Questa sera Elisabetta mi ha messo in guardia contro gli

Fourth Wail

Tuesday March 23, 10:48 P.M.

Our neighbor Elisabetta Fabiani is addicted to two things: dogs and thrillers. It's pointless to talk to her about anything in which there is no mention of a dog or of Hitchcock or Agatha Christie, Colombo or Derrick, Montalbano or Poirot. Elisabetta watches the police shows on TV every day. She is mad for the series *Rex*, which is about the adventures of a dog who is the assistant to a police inspector; he has an uncommon intelligence and performs extraordinary feats.

Saturday January 16, 11:28 P.M.

The barking of Elisabetta's dog sounds like wailing; it makes me happy. Stefania can't bear it. This morning she quarreled again with Elisabetta and threatened to call the police if her dog doesn't stop barking in the middle of the night. "You're a racist, a fanatic, you hate animals," Elisabetta accused her. Stefania was furious, and she asked me with amazement and candor, "Am I a racist and fanatic because I can't sleep at night on account of that insistent barking?" I answered, "Of course you're a fanatic, but only of love!" Then she laughed and kissed me for a long time.

Tuesday November 14, 10:57 P.M.

Tonight Elisabetta warned me about the Gypsies who sell

zingari che vendono merci rubate al mercato di piazza Vittorio. Mi ha detto che gli animali sono più civili degli zingari sotto tutti i punti di vista. Dopo un lungo giro di parole è andata al sodo: «Non aprire la porta della tua casa a quello zingaro ubriaco che, con il pretesto di dare il mangime ai piccioni, spaccia la droga». Ho capito che si riferiva al povero Parviz. «Non è zingaro, è iraniano» le ho ricordato, e lei mi ha risposto con molta convinzione: «Non importa se è iraniano o americano o svizzero o altro. L'importante è che si comporta esattamente come uno zingaro, e per questo dico che zingari non si nasce ma si diventa». L'ho salutata senza commentare.

Giovedì 23 marzo, ore 23.45

Stamattina Elisabetta mi ha chiesto di essere solidale con lei nella sua battaglia civile in difesa dei cani del mondo. Mi ha riferito che i condomini hanno l'intenzione di votare un regolamento interno che impedisce ai cani di usare l'ascensore, e questa legge è diretta contro il povero Valentino. Mi ha ricordato che il razzismo negli Stati Uniti è iniziato quando è stato impedito ai neri di sedere sugli autobus accanto ai bianchi. Vorrebbe che firmassi una petizione per difendere il diritto di Valentino e dei suoi simili in tutto il mondo a usare l'ascensore, la metro, a prendere l'aereo, il treno, la nave, il diritto all'eredità, alla sessualità, all'alloggio ecc. Ho firmato la petizione senza discutere.

Mercoledì 27 agosto, ore 22.49

Questa mattina ho incontrato Elisabetta. Era molto triste. Ha detto che spera ancora che Valentino ritorni e che è in possesso di prove inconfutabili sul coinvolgimento delle bande di rapimento sarde nella vicenda del suo piccolo. È indubbio che il cagnolino abbia riempito la sua vita dopo la

things that have been stolen from the market in Piazza Vittorio. She told me that animals are more civilized than Gypsies from any point of view. After a long, circuitous digression she got to the point: "Don't open the door of your house to that drunken Gypsy who, under the pretext of feeding the pigeons, sells drugs." I realized that she was referring to poor Parviz. "He's not a Gypsy, he's Iranian," I reminded her, and she answered with great conviction: "It doesn't matter if he is Iranian or American or Swiss or whatever. The important thing is that he behaves exactly like a Gypsy, and that's why I say that Gypsies are not born but made." I said goodbye without commenting.

Thursday March 23, 11:45 P.M.

This morning Elisabetta asked me to support her legal battle in defense of the dogs of the world. She reported that the tenants intend to vote on a building rule that would forbid dogs to use the elevator, and that this law is directed against poor Valentino. She reminded me that racism began in the United States when blacks were forbidden to sit on buses next to whites. She would like me to sign a petition in defense of the right of Valentino and his fellow-creatures throughout the world to use the elevator, the metro, the buses, to take airplanes, trains, ships, to have the right to inherit, to sexuality, to housing, and so on. I signed the petition without discussion.

Wednesday August 27, 10:49 P.M.

This morning I ran into Elisabetta. She was very depressed. She said that she still hopes for Valentino's return, and that she possesses irrefutable proof that Sardinian kidnapping gangs are involved in what happened to her little pet. It's obvious that the dog filled her life after

morte del marito e la partenza dell'unico figlio. Valentino non è un semplice cane, ma un vero compagno che la protegge dalla solitudine.

Domenica 20 ottobre, ore 23.08

Lo stato di Elisabetta peggiora di giorno in giorno. L'ho vista questa sera camminare scalza vicino a piazza Vittorio mentre chiamava il suo cane scomparso. Elisabetta mi fa pietà. Come fa l'uomo ad attaccarsi a un animale in questo modo?

her husband's death and the departure of her only son. Valentino isn't simply a dog but a true companion who protects her from solitude.

Sunday October 20, 11:08 P.M.

Elisabetta's condition gets worse every day. I saw her tonight walking barefoot near Piazza Vittorio calling her vanished dog. I feel sorry for Elisabetta. How can a human being become so attached to an animal?

La verità di Maria Cristina Gonzalez

Quando mi sposerò e avrò un figlio lo chiamerò Amedeo. Questa è una promessa che ho fatto a me stessa ormai da anni. Purtroppo fino a oggi non ho ancora provato la gioia di avere dei figli, malgrado sia rimasta incinta più volte. So che la Chiesa, il papa e i preti sono decisamente contrari all'aborto, ma perché pensano solo al feto? Non merito un po' di cura e di attenzione anch'io? Chi pensa alla povera Maria Cristina Gonzalez?

Il signor Amedeo è l'unico che mi tratta con affetto e rimane al mio fianco nei momenti difficili. Sono sfortunata e stupida, questo non lo nego. La mia situazione crea perplessità e stupore. Di solito le donne gioiscono tanto quando rimangono incinte, invece io piango per la paura di perdere il lavoro, della povertà, del futuro, della polizia, di tutto. Piango sempre sulle scale del palazzo dopo aver detto alla signora Rosa la solita frase: «Vado a fare un po' di spesa». Se mi vedesse piangere mi caccerebbe fuori, perché mi ha detto più volte che il pianto la avvicina alla morte. E lei ha paura di morire. All'inizio piangevo sola in bagno. Però il bagno è orribile e triste, nessuno viene a salvarmi. Preferisco le scale, perché Amedeo non usa l'ascensore. È l'unico che mi chiede come sto, io gli racconto i miei problemi e piango tra le sue braccia.

La signora Rosa ha ottant'anni. Le è venuta una paralisi dieci anni fa, e lascia la sedia a rotelle solo per fare i bisogni

The Truth According to Maria Cristina Gonzalez

When I get married and have a child I'm going to call him Amedeo. This is a promise I've been making to myself for years. Sadly, so far I haven't experienced the joy of having children, though I've been pregnant plenty of times. I know that the Church, the Pope, and the priests are definitely against abortion, but why do they think only of the fetus? Don't I deserve a little care and attention? Who thinks about poor Maria Cristina Gonzalez?

Signor Amedeo is the only person who treats me kindly and supports me in difficult moments. I'm unfortunate and stupid, this I don't deny. My situation inspires bewilderment and surprise. Usually women are so happy when they get pregnant, but I weep, out of fear of losing my job, fear of poverty, the future, the police, everything. I sit on the stairs and cry after telling Signora Rosa the usual: "I'm going to do a little shopping." If she saw me crying she would throw me out, because she has often told me that crying brings her closer to death. And she is afraid of dying. In the beginning I used to cry alone in the bathroom. But the bathroom is horrible and sad, no one comes to rescue me. I prefer the stairs, because Amedeo doesn't use the elevator. He's the only one who asks me how I am, I tell him my troubles and cry on his shoulder.

Signora Rosa is eighty. She was paralyzed ten years ago,

o stendersi sul letto. Ha quattro figli che vengono a trovarla a turno ogni domenica e rimangono solo per qualche ora. Quando arriva uno di loro iniziano le mie ferie settimanali: da mezzogiorno a mezzanotte! Non so cosa fare per godere delle mie brevi ferie. Guardo le lancette dell'orologio sul muro e spero dal profondo del cuore che il tempo si fermi per prolungare la mia libertà. Faccio di tutto per non perdere minuti preziosi, metto a punto un programma ricco di impegni, ma ogni volta faccio la stessa cosa: vado alla stazione Termini dove si incontrano gli immigrati peruviani. I loro volti soddisfano la sete dei miei occhi e le loro parole riscaldano le mie orecchie fredde. Mi sembra di tornare a casa, a Lima. Saluto e bacio tutti anche se alcuni non li ho mai visti prima, poi mi siedo sul marciapiede e divoro i cibi peruviani, il riso con pollo e il lomo saltado e il sibice. Parlo per ore, parlo più di quanto ascolto, per questo mi chiamano Maria Cristina la chiacchierona.

Quando il sole inizia a tramontare, la mia angoscia aumenta e sento che il viaggio della libertà sta per finire. Allora mi aggrappo alle bottiglie di birra e di Pisco per mettermi al riparo da quella tempesta di tristezza. Bevo molto per dimenticare il mondo e i miei problemi. Non sono l'unica che ha a che fare ogni giorno con la vecchiaia e la morte incalzante. Siamo tanti, e ci unisce il destino del lavoro comune con gli anziani in procinto di passare all'altro mondo da un momento all'altro. Con il passare del tempo ci trasformiamo in cani randagi. Alcuni lasciano in libertà la loro lingua per insultare in spagnolo e in italiano. C'è chi provoca le persone sedute accanto, e così in un attimo si alzano le mani e giù pugni e calci alla cieca. Io, invece, mi allontano in silenzio dagli sguardi e sotto l'ala della notte me ne vado con un giovane che mi assomiglia in tutto. Ognuno di noi due svuota nel corpo dell'altro la propria voglia, speranza, angoscia, paura, tristezza, rabbia, odio e delusione, e questo lo facciamo in

and she only leaves her wheelchair to go to the bathroom or to lie down in her bed. She has four children, who take turns coming to see her every Sunday for a few hours. When one of them arrives, my weekly holiday begins: from noon to midnight! I don't know what to do to enjoy my brief time off. I look at the hands of the clock on the wall and hope from the bottom of my heart that time will stop, so my freedom will last longer. I do all I can not to waste precious minutes, I make a plan filled with activities, but in the end I do the same thing every time: I go to the station where the Peruvian immigrants gather. Their faces satisfy my thirsting eyes and their words warm my cold ears. It seems to me I've gone home, to Lima. I greet them all with a kiss even if I've never seen them before, then I sit on the sidewalk and eat Peruvian food, rice with chicken and *lomo saltado* and ceviche. I talk for hours, I talk more than I listen, that's why they call me Maria Cristina the chatterbox.

When the sun begins to set, I get more and more depressed, knowing that my journey to freedom is about to end. So I cling to the bottles of beer and Pisco to shelter myself from that storm of sadness. I drink a lot to forget the world, to forget my problems. I'm not the only one who has to deal with old age and imminent death every day. There are a lot of us, united by the destiny of our work with old people who at any moment will move on to another world. As the time passes we are transformed into stray dogs. Some let their tongues go, hurling insults in Spanish and Italian. Some provoke the people sitting nearby, and so in an instant fists are raised, and kicks and punches fly. I, instead, move silently out of sight, and under the wing of night go with a young man who resembles me in every way. Each of us empties into the other's body our own desire, hope, anguish, fear, sadness, rage, hatred, and disappointment, and we do

fretta come gli animali che hanno paura di perdere la stagione della fertilità. Ci stendiamo su una panchina isolata o su pagine di giornali sparsi per terra. Molto spesso mi dimentico il Diane e da qui inizia il mio problema con le gravidanze, il tentativo pazzesco di abortire. So che la pillola è molto importante, ma io ogni volta la dimentico a causa delle sbronze.

Molto spesso auguro la morte alla vecchia Rosa. Poi mi invade un forte rimorso quando penso alle conseguenze, e temo che la sua morte sia anche la mia fine. Dove vado? Come faccio a mantenere la mia famiglia a Lima? Che ne sarà di me? Questa vita non è per niente giusta. Dovrei vivere la mia gioventù prigioniera tra i fantasmi della morte? Voglio una casa, un marito e dei figli. Mi immagino di svegliarmi la mattina, portare i miei figli a scuola, andare al lavoro, abbracciare mio marito di notte e vedere finalmente i nostri corpi unirsi su un letto confortevole e non sulla triste panchina di un giardino pubblico o su un treno abbandonato o sotto un albero nascosto.

Vorrei essere tranquilla ma non ho nemmeno i documenti. Sono come una barca con le vele distrutte, sottomessa alla volontà delle rocce e delle onde. Se avessi il permesso di soggiorno non permetterei alla portiera napoletana di prendermi in giro e di offendermi. Mi chiama sempre la Filippina. Le ho ripetuto più volte: «Io non vengo dalle Filippine ma dal Perù». Sono di Lima, non capisco proprio come si può confondere il Perù con le Filippine! Non so neanche perché insiste nell'offendermi in questo modo. Un giorno ho perso la pazienza e le ho detto: «Perché mi disprezzi? Ti ho forse mancato di rispetto senza accorgermene?». Io, ad esempio, so che lei è di Napoli ma non l'ho mai offesa chiamandola la Napoletana. Le ho detto più volte: «Perché mi tratti male, non vedi che apparteniamo alla stessa religione e che ci unisce l'amore per la Croce e per la Vergine Maria?».

this quickly, like animals afraid of missing the season of fertility. We lie on an isolated bench or on pages of a newspaper spread out on the ground. Lots of times I forget the pill and here begins my pregnancy problem, the mad attempt to abort. I know that the pill is very important, but I always forget because I've had so much to drink.

I often wish old Rosa would die. Yet when I think of the consequences I'm filled with a strong feeling of regret—I'm afraid that her death also means the end of me. Where can I go? How can I support my family in Lima? What will become of me? This life is just not fair. Must I live out my youth a prisoner among phantoms of death? I want a house, a husband, children. I imagine waking in the morning, taking my children to school, going to work, embracing my husband at night, and finally seeing our bodies join on a comfortable bed and not on a sad park bench or an abandoned train car or under a hidden tree.

I would like to feel at peace but I don't even have documents. I'm like a boat with torn sails, subject to the will of reefs and waves. If I had a residency permit I wouldn't let that Neapolitan concierge make fun of me and insult me. She always calls me the Filipino. I've told her many times, "I'm not from the Philippines, I'm from Peru!" I'm from Lima, I don't understand how someone can confuse Peru with the Philippines! I don't even know why she persists in insulting me. One day I lost patience and said to her, "Why do you despise me? Have I somehow been disrespectful to you without realizing it?" For example, I know she's from Naples but I've never insulted her by calling her la Napolitana. So many times I've said to her, "Why are you so rude to me, don't you see that we belong to the same religion, that love for the Cross and the Virgin Mary unites us?"

Ho paura della portiera perché potrebbe denunciarmi alla polizia. Non ho il permesso di soggiorno, e se cadessi nelle loro mani non sarebbero indulgenti con me e in un batter d'occhio mi ritroverei all'aeroporto di Lima, tornerei nell'inferno della povertà. Non voglio tornare in Perù prima di aver realizzato il mio sogno di una casa, di un marito e di bambini. Quando avrò un permesso di soggiorno le dirò quello che voglio senza paura, non la chiamerò più "signora Benedetta" ma "portiera napoletana"! Posso solo pregare la Vergine Maria, l'unica che mi salverà dalle persone crudeli.

Soffro di una terribile solitudine, che a volte mi fa accarezzare la follia. Guardo la tv tutto il giorno e mangio tanto, divoro grandi quantità di cioccolata. Come vedete sono molto grassa. Vorrei dimagrire, ma in queste condizioni non ce la faccio proprio. Non fa niente, dimagrire non è poi così difficile. Quando mi sposerò mi sentirò più tranquilla e quindi il mio peso si abbasserà automaticamente. Mi hanno impedito di ospitare i miei amici in casa dopo le lamentele dei vicini. La verità è che la maledetta Benedetta ha parlato male di me alla figlia della vecchia, la signora Paola, raccontandole che porto a casa degli uomini e che rimango con loro tutta la notte e così non mi prendo cura della malata. Poi hanno attribuito la responsabilità del guasto dell'ascensore al mio peso, che dicono superi la capacità del povero ascensore. Mi hanno detto: «Prima dimagrisci e poi usi l'ascensore!».

È giusto che mi impediscano di usare l'ascensore mentre permettono al cane della signora Fabiani di farci pipì? Questo cane è più felice di me, esce di casa più di dieci volte al giorno, gira nei giardini di piazza Vittorio come un piccolo principe o un bambino viziato. Invece io non posso lasciare la casa neanche per un minuto, perché la signora Rosa è cardiopatica. Cosa succederebbe se il suo cuore smettesse di battere mentre io non ci sono? Non voglio pensare alle conseguenze.

I'm afraid of the concierge because she could report me to the police. I don't have a residency permit, and if I fell into their hands they wouldn't be indulgent with me and in the blink of an eye I would find myself back in the airport in Lima, back in the inferno of poverty. I don't want to return to Peru before achieving my dream of a house, a husband, and children. When I have a residency permit I won't be afraid to say whatever I want, I won't call her Signora Benedetta, I'll say "Neapolitan concierge"! I pray to the Virgin Mary, only she will save me from these cruel people.

I suffer terribly from loneliness, and sometimes it makes me caress madness. I watch TV all day and eat, I devour huge quantities of chocolate. As you see, I'm very fat. I'd like to lose weight, but in these conditions I can't manage it. It's not a big deal, losing weight isn't so hard. When I get married I'll feel calmer and then my weight will go down automatically. They wouldn't let me have my friends in the house after the neighbors complained. The truth is that that damn Benedetta said bad things about me to the old lady's daughter, Signora Paola, telling her that I bring men home and stay with them all night, so then I don't take care of the sick woman. Then they said my weight was responsible for breaking the elevator, they say it's more than the capacity of the poor elevator. They said to me, "First lose weight, then use the elevator!"

Is it right that they forbid me to use the elevator while they let Signora Fabiani's dog pee there? That dog is happier than I am, he goes out more than ten times a day, he wanders in the gardens in Piazza Vittorio like a little prince or a spoiled child. Instead I can't leave the house even for a minute, because Signora Rosa has heart problems. What would happen if her heart stopped beating while I'm not

Invidio il piccolo Valentino. Ho sognato più volte di essere al suo posto. Ma sono un essere umano? Qualche volta dubito della mia umanità. Non ho nemmeno il tempo necessario per assistere alla messa della domenica o rimettermi nelle mani di un prete per confessarmi e cancellare i miei peccati. Così la maledizione cadrà sulla mia testa e l'inferno mi aspetterà nell'altro mondo.

Il signor Amedeo è un assassino! Questa cosa è assurda. Io sono sicura della sua innocenza. E lo accusano anche di essere immigrato. L'immigrazione è forse un crimine? Io non capisco perché ci odiano così tanto. L'ex presidente del Perù Fujimori era un immigrato dal Giappone. Quante bugie ascoltiamo dalla tv sugli immigrati. Eppure nonostante questo non posso fare a meno della televisione. Una volta si è guastata. Ho sentito la mia mano tremare, il mio cuore battere forte, ho chiamato i quattro figli della signora Rosa uno dopo l'altro e ho chiesto loro di venire subito. Hanno pensato che la mamma fosse morta o stesse per morire, tanto che il signor Carlo ha telefonato a un'agenzia funebre prima di venire a casa, e quando sono arrivati mi hanno trovato in una situazione deprimente. La signora Rosa era accanto a me che mi urlava di smettere di piangere. Ho raccolto le mie forze e ho detto loro: «Non rimango un minuto di più in questa casa se non aggiustate subito la tv». La signora Laura ha chiesto al marito di portare un nuovo televisore. I quattro figli della signora Rosa hanno lasciato la casa dopo essersi assicurati che stavo bene, vedendomi occupata a seguire una nuova puntata di *Beautiful* su Canale 5. La tv è un amico, un fratello, un marito, un figlio, una madre e la Vergine Maria. La tv è proprio come l'aria. Si può mai vivere senza respirare?

Io guardo le telenovelas messicane e brasiliane tutti i giorni e conosco tutti i particolari della vita degli attori. Basta dirvi che l'ultima puntata mi angoscia come fosse il funerale

there? I don't want to think about the consequences. I envy little Valentino. I've often dreamed of being in his place. Am I a human being? Sometimes I doubt my humanity. I don't even have time to go to Mass on Sunday or put myself in the hands of a priest to confess and wipe away my sins. So I'll be damned, and Hell will be waiting for me in the next world.

Signor Amedeo a murderer! That's ridiculous. I'm sure he's innocent. And they accuse him of being an immigrant. Is immigration a crime? I don't understand why they hate us so much. Fujimori, the ex-President of Peru, was an immigrant from Japan. You hear so many lies about immigrants on TV. And yet in spite of that I can't do without television. Once the TV broke. My hands shook, my heart was pounding. I called the four children of Signora Rosa one after another and asked them to come right away. They thought their mother was dead or about to die, Signor Carlo even called a funeral home before he came, and when they arrived they found a depressing situation. Signora Rosa was there yelling at me to stop crying. I gathered my strength and said to them, "I will not remain in this house a moment longer if you don't get the TV fixed immediately." Signora Laura asked her husband to get a new television. The four children of Signora Rosa left the house when, reassured, they saw me watching a new episode of *The Bold and the Beautiful* on channel 5. TV is a friend, a brother, a husband, a child, a mother, and the Virgin Mary. Can one live without breathing?

I watch the Mexican and Brazilian telenovelas every day, and I know all the details of the actors' lives. It's enough to tell you that the last episode I saw upset me as if it were my own mother's funeral. Anyway, I don't consider myself simply a spectator but an actress who plays an important

di mia madre. Comunque io non mi considero una semplice spettatrice, ma un'attrice che interpreta un ruolo importante nello sceneggiato. Molto spesso grido in faccia ad alcuni personaggi i miei consigli: «Marina, attenzione, Alejandro non ti ama, è un truffatore, vuole accaparrarsi i tuoi soldi e cacciarti dal castello di tuo padre!», oppure «Parla con lei, Pablo, dille che l'ami e che vuoi sposarla!», oppure «Caterina, non trattare tuo marito con durezza, cadrà nelle braccia della sua nuova amante, quella puttana di Silvana!». Molto spesso mi sento solidale con i poveri, disgraziati e disprezzati. Mi alzo dalla poltrona e vado verso la tv, fisso il cattivo o la cattiva negli occhi: «Che ti credi, mascalzone, avrai quel che meriti, criminale, il bene alla fine vincerà!», oppure «Carolina, quanto sei ignobile, perché tratti male Eleonora, quella povera orfana? Maledetta, tu meriti l'inferno», oppure «Julio, non troverai pace, sei un criminale e avrai la tua punizione, ci penserà il giovane elegante Alfonso Rodriguez!».

Ieri ho visto su Raitre un programma sulla sterilità, e ho appreso che l'ansia ne è la causa principale. Ho detto tra me e me, per consolarmi, che l'aborto ha almeno un lato positivo, dato che mi fornisce la prova che sono ancora sana. E questo vuol dire che fortunatamente ho la speranza di avere dei figli e un marito e una casa e che peserò come Claudia Schiffer, Eva Herzigova, Naomi Campbell, Laetizia Casta e la moglie di Richard Gere di cui non ricordo il nome. È possibile che diventi una famosa attrice nel prossimo futuro, soprattutto dopo che il giovane olandese Johan ha insistito molto per farmi partecipare al suo prossimo film. Gli ho detto che non ho il permesso di soggiorno, però a questo non ha dato importanza. Gli ho chiesto di darmi un po' di tempo per dimagrire, ma si è arrabbiato: «Io odio il cinema di Hollywood perché tradisce la realtà. Non dimagrire. Il grasso ti fa più bella». Dopo essersi calmato si è scusato: «Io sono contro

role in the serial. I often shout advice at the characters. "Marina, watch out, Alejandro doesn't love you, he's a cheat, he wants to get your money and throw you out of your father's castle," or "Talk to her, Pablo, tell her you love her and want to marry her!" or "Caterina, don't be hard on your husband, you'll drive him into the arms of his new lover, that whore Silvana!" Often I feel solidarity with the poor, the unfortunate and despised. I get up from my chair, go to the TV, stare the bad man or woman in the eye: "What do you think, you rat, you'll get what you deserve, the good will win in the end!" or "Carolina, you are vile, why are you so mean to Eleonora, that poor orphan? Damn you, you deserve to go to hell," or "Julio, you'll never find peace, you're a criminal and you'll get your punishment—that young, good-looking Alfonso Rodriguez will see to it!"

Yesterday on RAI 3 I saw a program about infertility, and I learned that the main cause of it is anxiety. I said to myself, for consolation, that abortion has at least one positive aspect—it proves that I'm healthy. And this means, fortunately, that I can hope to have children and a husband and a house, and weigh the same as Claudia Schiffer, Eva Herzigova, Naomi Campbell, Laetitia Casta, and the wife of Richard Gere, whose name I can't remember. It's possible that I'll become a famous actress in the near future, especially after that young Dutch Johan insisted on having me in his next film. I told him I don't have a residency permit, but that didn't matter to him. I asked him to give me some time to lose weight, but he got angry: "I hate Hollywood cinema because it betrays reality. Don't lose weight. Being fat makes you more beautiful." After calming down he apologized: "I'm against any form of catenaccio." I didn't understand what he meant and I wondered: "What

ogni forma di catenaccio!». Non ho capito il significato delle sue parole e mi sono chiesta: «Che cosa è il catenaccio?». Ho sentito qualche inquilino dire che il Biondo è un pazzo. Non importa, io non devo sposarlo, avere figli da lui. Ciò che mi importa veramente è diventare un'attrice famosa. A quel punto chi oserà impedire alla signora Maria Cristina Gonzalez, magra, bella, madre di Amedeo jr, di usare l'ascensore?

is catenaccio?" I heard some tenants say that Johan is nuts. It doesn't matter, I wouldn't marry him, have children by him. What matters to me really is to become a famous actress. Then who will dare prevent Signora Maria Cristina Gonzalez, thin, beautiful, the mother of Amedeo, Jr., from using the elevator?

Quinto ululato

Sabato 23 maggio, ore 22.55
Oggi ho letto un articolo sul *Corriere della Sera* dal titolo molto significativo: "L'italiano è un dinosauro?". L'articolo analizza il problema del calo delle nascite in Italia, che ha un tasso di crescita molto basso fra i paesi del mondo. L'autore afferma che l'italiano sarebbe destinato a estinguersi nel prossimo secolo. La soluzione sarebbe nella presenza crescente di immigrati. Forse si dovrebbe stipulare un accordo con le autorità cinesi per importare esseri umani. Sono veramente tanti gli anziani in questo paese.

Domenica 26 ottobre, ore 23.29
Questo pomeriggio ho visto Maria Cristina alla stazione Termini insieme ai suoi connazionali e mi è sembrata felice, come un pesce che torna nel mare dopo una breve agonia lontano dall'acqua. Questa ragazza fa pena, non esce di casa che per pochi minuti per fare la spesa. Maria Cristina soffre di una terribile solitudine tra quelle quattro mura.

Mercoledì 23 giugno, ore 21.58
Questa sera ho visto alla tv un bel film con Alberto Sordi e Claudia Cardinale che racconta la storia di un certo Amedeo, un immigrato che lavora in Australia. La vita degli immigrati italiani del passato somiglia molto alla vita di quelli che arrivano in Italia oggi. L'immigrato è sempre lo stesso nel

Fifth Wail

Saturday May 23, 10:55 P.M.

Today I read an article in the *Corriere della Sera* with a significant title: "Is the Italian a Dinosaur?" The article analyzes the problem of Italy's falling birth rate; compared with the other countries of the world its growth rate is very low. The author states that the Italian is doomed to die out in the next century. The solution lies in the increasing presence of immigrants. Maybe Italy should make an agreement with the Chinese authorities to import human beings. There really are a lot of old people in this country.

Sunday October 26, 11:29 P.M.

This afternoon I saw Maria Cristina at the station with her fellow-countrymen and she seemed happy, like a fish returning to the sea after a brief agony far from the water. You can't help feeling sorry for that girl; she goes out of the house only for a few minutes at a time to do the shopping. Maria Cristina suffers terribly from solitude within those four walls.

Wednesday June 23, 9:58 P.M.

Tonight I saw a great film on TV, with Alberto Sordi and Claudia Cardinale, which tells the story of a certain Amedeo, an immigrant who works in Australia. The life of Italian immigrants in the past closely resembles the life of the immigrants arriving in Italy today. Throughout history,

corso della storia. Cambia solo la lingua, la religione e il colore della pelle.

Martedì 26 ottobre, ore 23.44

Domani Maria Cristina andrà dal medico per abortire, e questa non è la prima volta. Stefania ha ragione quando dice che Maria Cristina entrerà nel *Guinness dei primati* per il numero degli aborti subiti. Mi chiedo se anch'io sono come lei, se non faccio che abortire. L'ululato è l'aborto della verità? Auuuuuuuuuu...

Giovedì 3 giugno, ore 22.09

Stamani ho letto un articolo di Karl Popper sull'influenza della tv nella nostra vita quotidiana. Il filosofo sostiene che la tv è diventata un membro della famiglia, e che la sua voce è la più ascoltata di tutta la famiglia. Maria Cristina mi ha detto un giorno: «La tv è la mia nuova famiglia».

Sabato 20 aprile, ore 23.52

Questa sera ho litigato con Lorenzo Manfredini. Gli ho detto di lasciare Maria Cristina in pace. Questa poveretta vive in una terribile prigione. Ho pensato di rivolgermi al commissario Bettarini, però ho avuto paura di causarle qualche problema perché non ha il permesso di soggiorno. Questo delinquente non merita il soprannome che porta, il Gladiatore. È un'offesa a Spartaco, il liberatore degli schiavi!

immigrants have always been the same. All that changes is their language, their religion, and the color of their skin.

Tuesday October 26, 11:44 P.M.

Tomorrow Maria Cristina will go to the doctor for an abortion, not for the first time. Stefania is right when she says that Maria Cristina will enter the *Guinness Book of Records* for the number of abortions she's had. I wonder if I'm like her, if all I do is abort. Is wailing an abortion of the truth? Auuuuuuuuu . . .

Thursday June 3, 10:09 P.M.

This morning I read an article by the philosopher Karl Popper on the influence of television in our daily lives. Popper maintains that TV has become a member of the family, and that its voice is the most listened to in the whole family. Maria Cristina said to me one day, "TV is my new family."

Saturday April 20, 11:52 P.M.

Tonight I quarreled with Lorenzo Manfredini. I told him to leave Maria Cristina alone. That poor girl lives in a prison. I thought of going to Inspector Bettarini, but I was afraid of causing problems for her, because she doesn't have a residency permit. That thug doesn't deserve his nickname, the Gladiator. It's an insult to Spartacus, the liberator of the slaves!

La verità di Antonio Marini

Stamattina ho aspettato il 70 per mezz'ora al capolinea di via Giolitti, vicino a piazza Vittorio. Alla fine sono arrivati tre autobus uno dietro l'altro. Gli autisti sono scesi senza badare alle proteste delle persone in attesa, e sono andati al bar di fronte alla fermata per sedersi a un tavolo all'aperto e bere il caffè, fumare qualche sigaretta e spettegolare! Abbiamo aspettato un'altra mezz'ora la partenza. Alla fine gli autisti si sono alzati tutti insieme, ognuno ha preso il suo posto, e sono partiti! E la madonna, dove l'è che sem? A Mogadiscio o a Addis Abeba? Sèm a Ròma o a Bombay? Nel mondo sviluppato o nel terzo mondo? Fra poco ci cacceranno dal club dei ricchi. Queste cose al nord non succedono. Io sono di Milano e non sono abituato a questo caos. A Milano rispettare gli appuntamenti è cosa sacra e nessuno osa dirti: «Ci vediamo tra le cinque e le sei», come capita a Roma molto spesso. In questi casi ho l'abitudine di rispondere con fermezza: «Ci vediamo alle cinque in punto o alle sei in punto!». Altrimenti che senso ha il detto "Il tempo è denaro" se nessuno ne tiene conto? Quella di lasciare Milano e venire a Roma non è stata una decisione saggia. Ho ceduto alle pressioni di mio padre: «Antonio, te ghe d'andà a Ròma, lassa minga scapà l'ucasiun de laurà quand gh'è l'ucasiun, fieu! Laurà l'è pregà!». Così ho accettato il posto di assistente al dipartimento di Storia contemporanea alla Sapienza di Roma. All'inizio avevo pensato di rimanere un anno o due al

The Truth According to Antonio Marini

This morning I waited half an hour for the 70 bus at the terminus on Via Giolitti, near Piazza Vittorio. Finally three buses arrived, one after the other. The drivers got out, paying no attention to the people waiting, went over to the café across from the bus stop, and sat down at a table outside to drink coffee, smoke cigarettes, and chat. We waited another half hour to leave. Eventually, the drivers got up, climbed into their buses, and drove off! Madonna! Where in the world are we? In Mogadishu or Addis Ababa? In Rome or Bombay? In the developed world or the Third World? Pretty soon they'll throw us out of the club of rich nations. These things don't happen in the north. I'm from Milan and I'm not used to this chaos. In Milan keeping an appointment is sacred—no one would dare say to you, "Let's meet between five and six," which in Rome happens frequently. In such cases my policy is to say firmly, "We'll meet at exactly five or at exactly six!" What's the meaning of the expression "Time is money" if no one takes account of it? The decision to leave Milan and come to Rome wasn't a wise one. I gave in to pressure from my father: "Antonio, go to Rome, don't lose the chance to work when you have it, son! Work is precious." So I accepted the job of assistant professor in the department of modern history at the Sapienza University of Rome. At first I had thought I would stay a year or two at most and then return to Milan, but I resigned

massimo per poi tornare a Milano, ma mi sono rassegnato davanti al fatto compiuto quando ho ottenuto la cattedra. Adesso sto per andare in pensione. Quanti rimpianti per tutti gli anni trascorsi qui!

Roma! La città eterna! La bella Roma! Roma amor! No, mi dispiace, io non guardo Roma con gli occhi del turista che viene per una settimana o due, fa un giro a piazza Navona, a piazza di Spagna, a Fontana di Trevi, scatta qualche foto ricordo, mangia la pizza e gli spaghetti e poi torna nel suo paese. Io non vivo nel paradiso dei turisti, ma nell'inferno del caos! Per me non c'è differenza tra Roma e le città del sud, Napoli, Palermo, Bari e Siracusa. Roma è una città del sud e non ha niente a che fare con città come Milano, Torino o Firenze. La gente di Roma è pigra, questa è l'evidente verità. Vive di rendita sfruttando le rovine, le chiese, i musei e il sole che fa impazzire i turisti del nord Europa. Immaginate Roma senza il Colosseo, la cupola di San Pietro, la Fontana di Trevi e i Musei Vaticani! La pigrizia è il cibo quotidiano dei romani. Basta ascoltare il dialetto che usano nelle loro conversazioni: si mangiano metà delle parole per pigrizia. Io mi arrabbio quando i miei colleghi romani dell'università mi chiamano Anto', e rispondo innervosito: «Mi chiamo Antonio!». Basta vedere i film di Alberto Sordi come *Il conte Max* o *Il marchese del Grillo* o *Un borghese piccolo piccolo* per scoprire il vero volto dei romani. Sono fieri dei loro difetti e non provano imbarazzo nell'esprimere la loro ammirazione per la donna che tradisce il marito o per la persona che non paga le tasse o per il furbone delinquente che viaggia in autobus senza il biglietto! Odio la loro arroganza. Vi ricordate la battuta di Alberto Sordi: "Io sono io, e voi non siete un cazzo!"? È questa la vera natura dei romani.

Non è forse vero che la lupa è il simbolo di Roma? Io non mi fido mai dei figli della lupa perché sono animali selvaggi.

myself to the situation when I got a professorship. Now I'm about to retire. How I regret all the years I've spent here!

Rome! The eternal city! Beautiful Rome! Beloved Rome! No, I'm sorry, I don't look at Rome with the eyes of the visitor who comes for a week or two, tours Piazza Navona, Piazza di Spagna, the Trevi Fountain, takes some souvenir photos, eats pizza and spaghetti, and goes back to his own country. I don't live in the paradise of tourists; I live in the inferno of chaos! For me there is no difference between Rome and the cities of the south, Naples, Palermo, Bari, and Siracusa. Rome is a city of the south; it has nothing to do with cities like Milan, Turin, and Florence. The people of Rome are lazy, that's the obvious truth. They live off the fat of the land, exploiting the ruins, the churches, the museums, and that sun which all the tourists from northern Europe are mad about. Imagine Rome without the Coliseum, St. Peter's dome, the Trevi Fountain, and the Vatican Museums! Laziness is the daily bread of the Romans. Just listen to the dialect they use in conversation: they swallow half their words out of laziness. I get angry when my Roman colleagues at the university call me Anto', and I say to them, with annoyance, "My name is Antonio!" You just have to watch the films of Alberto Sordi, like *Count Max* or *Il Marchese del Grillo* or *A Very Little Man*, to discover the truth about the Romans. They're proud of their failings; they aren't embarrassed to express their admiration for the woman who betrays her husband or the person who doesn't pay taxes or the delinquent who rides the bus without a ticket! I hate their arrogance. Remember Alberto Sordi's line "I am me, and the rest of you are less than shit"? That is the true nature of the Romans.

Isn't the wolf, after all, the symbol of Rome? I never trust the children of the wolf, because they're wild animals.

L'astuzia è il loro miglior talento per sfruttare il sudore degli altri. Così la gente del nord lavora, produce, paga le tasse, e la gente del sud sfrutta questa ricchezza per costituire bande criminali come mafia, camorra, 'ndrangheta e le bande di rapitori in Sardegna. Il dramma è che il nord è un gigante economico e un nano politico. Questa è l'amara verità. Io consiglio sempre ai miei studenti di leggere *Cristo si è fermato a Eboli*, il bellissimo libro di Carlo Levi, per capire come il sud sia nato nella pigrizia e nel sottosviluppo. La situazione non è cambiata rispetto al passato, la mentalità è rimasta la stessa. Non ci aiuta la fuga in avanti, è giunto il momento di ammettere che l'unità d'Italia è stato un errore storico irrimediabile.

Amedeo è un immigrato! Per me non c'è differenza tra gli immigrati e la gente del sud. Anche se non capisco il rapporto di Amedeo con il meridione. Io sono un attento osservatore, in grado di distinguere tra un pigro e uno che vuole lavorare. Ad esempio la portiera napoletana, Sandro Dandini ed Elisabetta Fabiani sono simboli del sud con la loro tristezza, le chiacchiere, il sottosviluppo, il pettegolezzo, la credenza, la superstizione. Io non sono razzista. Posso citare il grande storico napoletano Giustino Fortunato, meridionale doc, il quale sostiene che il dramma del Mezzogiorno è l'incertezza nel domani. Loro non piantano e non seminano, in poche parole non investono. Chi dorme non piglia pesci!

Quando la portiera mi ha detto che Amedeo è del sud non ci ho creduto, perché il suo modo di parlare, di salutare e di camminare assomiglia a quello dei lombardi, dei piemontesi. Non gli ho chiesto la sua origine. Queste cose riguardano la sua vita privata e io non ho il diritto di interferire. Una sola volta gli ho sentito dire: «Io sono del sud del sud». Allora ho dedotto che Roma è del sud, e le città del sud d'Italia come Napoli, Potenza, Bari e Palermo sono l'estremo del sud! Ci

Cunning is their greatest talent for taking advantage of the sweat of others. So the people of the north work, produce, pay taxes, and the people of the south use this wealth to set up criminal organizations like the Mafia, the Camorra, the *'ndrangheta*, and the gangs of kidnappers in Sardinia. The tragedy is that the north is an economic giant and a political dwarf. That's the bitter truth. I always advise my students to read *Christ Stopped at Eboli*, that wonderful book by Carlo Levi, to understand how the south was born into laziness and underdevelopment. Nor has the situation changed compared with the past; the mentality has stayed the same. There's no point in racing ahead of ourselves, the time has come to admit that the unification of Italy was an irreparable historical mistake.

Amedeo is an immigrant! To me there is no difference between immigrants and people from the south. Even though I don't understand Amedeo's relationship to the south. I'm an attentive observer, I can distinguish between someone who is lazy and someone who wants to work. For example, the Neapolitan concierge, Sandro Dandini, and Elisabetta Fabiani are symbols of the south, with their sadness, their chatter, their underdevelopment, gossip, credulousness, superstition. I'm not a racist. I can quote the great Neapolitan historian Giustino Fortunato, patented southerner, who maintains that the tragedy of the south is the uncertainty of tomorrow. They do not plant and they do not sow, that is, they do not invest. The early bird catches the worm.

When the concierge told me that Amedeo is from the south I didn't believe it, because his way of speaking, of greeting, of walking resembles that of the Lombards, the Piedmontese. I didn't ask where he was from. Such things have to do with his private life, and I have no right to

siamo incontrati occasionalmente più volte nella biblioteca del dipartimento di Storia alla Sapienza. Abbiamo toccato diversi argomenti che riguardano la storia dell'antica Roma e ho scoperto che era molto informato sul colonialismo romano in Africa. L'ho visto leggere attentamente Sallustio, *La guerra di Giugurta*. Ciò che ha attirato la mia attenzione è stata la sua buona conoscenza di Sant'Agostino. È indubbio che è un vero cattolico. Crede nei valori della Chiesa, nella sacralità del lavoro e della famiglia. Conosce anche la Bibbia. Ricordo ancora la nostra lunga discussione sulle parole di Gesù: «Se perseverate nella mia Parola, sarete veramente i miei discepoli; conoscerete la verità, e la verità vi farà liberi». Non era convinto che la verità ci farà liberi. Anzi, al contrario, la verità secondo lui è una catena che ci trasforma in schiavi. So che è un traduttore, ma non gli ho chiesto da quale lingua traduce. Non posso credere che sia lui l'assassino.

Uno scandalo mi impedisce di rimanere in silenzio: sapete che gli inquilini del nostro stabile pisciano nell'ascensore? È una cosa vergognosa davvero. La cosa certa è che Amedeo non è fra i sospettati, perché non usa mai l'ascensore e preferisce le scale. Gli ho consigliato più volte di evitare le scale: salire e scendere continuamente causa l'infarto, secondo uno studio effettuato dai medici dell'Institut Pasteur. Però non mi ha dato retta. Ho provato molte volte a organizzare riunioni di condominio per affrontare una volta per tutte alcuni gravi problemi, soprattutto quello dell'ascensore. Ho ribadito che l'ascensore è una questione di civiltà, e che dobbiamo stabilire regole chiare per utilizzarlo: è proibito buttare mozziconi di sigarette, è vietato mangiare, è proibito scrivere parole oscene, è vietato pisciare ecc. Ho proposto di mettere una targa sulla porta dell'ascensore: "Si prega di lasciare pulito l'ascensore!". Però la proposta non ha ottenuto la maggioranza, dopo che l'olandese Van Marten se ne è andato

meddle. Once I heard him say, "I'm from the south of the south." So I deduced that Rome is the south and the cities of southern Italy like Naples, Potenza, Bari, and Palermo are the extreme of the south! We ran into each other often in the history department library at the university. We touched on various subjects regarding the history of ancient Rome, and I discovered that he was very well versed in Roman colonialism in Africa. I saw him reading Sallust's *War of Jugurtha*. What caught my attention was his knowledge of St. Augustine. He is obviously a true Catholic. He believes in the values of the Church, in the sacredness of work and family. He also knows the Bible. I recall a long discussion we had of Jesus' saying "If you continue in my word, then are you my disciples indeed; and you shall know the truth, and the truth shall make you free." He wasn't convinced that the truth will make us free. In fact, on the contrary, the truth according to him is a chain that makes us slaves. I know that he is a translator, but I didn't ask him what language he translates from. I can't believe that he is the murderer.

A sense of outrage keeps me from remaining silent: do you know that the residents of our building pee in the elevator? It's really disgraceful. Certainly Amedeo is not among the suspects, because he never uses the elevator—he prefers the stairs. I've frequently advised him not to take the stairs: going up and down all the time can cause a heart attack, according to a study by researchers at the Pasteur Institute. But he paid no attention. I've tried quite a few times to organize tenants' meetings to deal once and for all with some serious problems, especially the problem of the elevator. I repeated that the elevator is a matter of civilization, and that we must establish clear rules for using it: tossing out cigarette butts is prohibited, eating is forbidden, writing obscenities is

dicendo: «Questa targa va bene solo sulle porte dei bagni pubblici!».

Il guasto dell'ascensore è una grande catastrofe che ci costringe a usare di nuovo le scale, insomma un'offesa alla modernità, allo sviluppo e all'illuminismo! Ho tentato di convincerli più volte, ma senza esito. Ho detto loro: «L'ascensore è un mezzo di civiltà. Aiuta a guadagnare tempo e a risparmiare gli sforzi, è importante quanto la metro e l'aereo». Mi rifiuto categoricamente di camminare e di perdere tempo salendo e scendendo le scale. Ho letto recentemente un libro di un sociologo americano che afferma che le autorità di Los Angeles hanno deciso di eliminare le strisce pedonali sulle strade perché la gente non va più a piedi. Io mi chiedo: quando ci sbarazzeremo delle scale in Italia?

Amedeo è una persona contraddittoria: frequenta le biblioteche per la ricerca e lo studio, però passa ore al bar di Sandro. Questa abitudine è tipica della gente del sud: sedere al bar per chiacchierare e spettegolare. Bisognerebbe chiudere i bar e costringere tutti a lavorare. Amedeo non è stato fortunato; se fosse vissuto a Milano avrebbe avuto un destino diverso. Purtroppo frequentare Sandro ha influito negativamente sul suo modo di vivere. Da noi si dice: "Peggio di un romano". Anche lo studente olandese Van Marten non si è salvato dalle influenze culturali e sociali negative dei romani. L'ho sentito molte volte dire con arroganza e senza pudore: «Io non sono GENTILE!». All'inizio ho sorvolato perché è straniero e non padroneggia l'italiano come si deve. Ho tentato di correggere quest'errore, sono prima di tutto un insegnante. L'ho preso da parte per non offenderlo, dicendogli a voce bassa: «Non ripetere questa frase perché in parole povere significa che sei incivile e privo di educazione, e cioè che sei un barbaro». Mi ha guardato con un'aria di falsa innocenza: «Io so che la parola GENTILE nei dizionari significa edu-

prohibited, urinating is forbidden, and so on. I proposed putting a sign on the door of the elevator: "Please keep the elevator clean!" But the proposal did not win a majority vote, and afterward the Dutch student Van Marten went off saying, "Such a sign should only be at the entrance to a public toilet!"

The breakdown of the elevator is a catastrophe that forces us to use the stairs, and is thus an offense to modernity, to development, and to enlightenment! I've often tried to convince the other residents, but without success. I said, "The elevator is a means of transport produced by civilization. It saves time and effort, it's as important as the train or the airplane." I categorically refuse to walk, to waste time by going up and down the stairs. I read a book recently by an American sociologist who claims that the authorities in Los Angeles decided to eliminate pedestrian crossings because people don't walk anymore. I wonder: when will we get rid of stairs in Italy?

Amedeo is a contradictory person: he goes to libraries for research and study, yet he spends hours at Sandro's. This habit is typical of people from the south: sitting in a café talking and gossiping. We should close down the cafés and force everyone to work. Amedeo was not lucky; if he had lived in Milan he would have had a different fate. Unfortunately, going to Sandro's has had a negative influence on his way of life. As we in Milan say, "Worse than a Roman." Even the Dutch student Van Marten has not been safe from the negative cultural and social influences of the Romans. I've often heard him say, with arrogance and no shame, "I am not *gentile*!" At first I ignored it because he is a foreigner and hasn't mastered Italian properly. I tried to correct this error; I am, first of all, a teacher. I took him aside in order not to offend him, saying to him in a low voice, "Don't

cato, simpatico e garbato, però io intendo un'altra cosa». Non ce l'ho fatta ad ascoltare il resto della sua spiegazione, perché il mio ruolo di rispettabile professore universitario mi impedisce di polemizzare con uno studente straniero che pretende di dibattere con me su una questione legata alla lingua italiana!

Io dico che questo paese è immerso nel mare dei miracoli. I mondiali di calcio, ad esempio, mostrano come gli italiani scoprono di essere italiani: mettono bandiere nazionali alle finestre, sui balconi e nei negozi. Che meraviglia, il calcio crea identità! È veramente utile avere un'unica lingua, una storia comune, un futuro comune? A cosa serve l'unità d'Italia? Dove l'è che sem? In un paese sottosviluppato funziona così? Porca miseria!

Devo ammettere che la rinuncia di Amedeo a usare l'ascensore, l'autobus e la metro e la sua passione di camminare per ore mi hanno indotto a sospettare di una sua appartenenza a un movimento politico ben più pericoloso del nazismo, del fascismo e dello stalinismo. Si tratta di quei mascalzoni dei Verdi! Io non ho problemi a chiamare i sostenitori dell'ambiente nuovi barbari, perché fanno di tutto per fermare il treno dello sviluppo e della tecnologia e riportare l'umanità alla preistoria con slogan ridicoli come la salvaguardia degli alberi, la chiusura delle grandi fabbriche, il divieto di caccia e l'embargo sui prodotti della *Nestlè* e di *McDonald's*. Conosco la storia di questi nuovi barbari, non sono forse uno storico? Questa gente rappresenta la continuità di quella rivoluzione degli studenti del '68 fallita miseramente. Poveracci, pensavano di cambiare il mondo con il libretto rosso di Mao Tse Tung e i libri antitecnologici di Herbert Marcuse. Molti di questi falliti hanno cavalcato l'onda della difesa dell'ambiente per ottenere potere. La prova è l'ex leader degli studenti francesi Daniel Cohn-Bendit, che ha

repeat that phrase, because, in a word, it means that you are uncivilized and have no manners; that is, that you are a barbarian." He looked at me with an air of false innocence: "I know that the word '*gentile*' means well brought up, kind, and polite, but I mean something else." I couldn't listen to the rest of his explanation because my role as a respectable university professor prevents me from engaging with a foreign student who intends to debate me on a matter having to do with the Italian language!

I say that this country is drowning in the sea of miracles. The soccer world championships, for example, demonstrate how the Italians discover they are Italians: they hang national flags in the window, on balconies, in stores. How marvelous, soccer creates identity! Is it really useful to have a single language, a common history, a common future? What is the point of Italian unity? Where are we? Is this how things work in an underdeveloped country? God damn!

I have to admit that Amedeo's giving up the use of the elevator, the bus, and the metro and his passion for walking for hours led me to believe that he belonged to a political movement much more dangerous than Nazism, Fascism, or Stalinism. I'm talking about those lousy Greens! I have no problem calling the supporters of the environment new barbarians, because they do their utmost to stop the train of development and technology and carry humanity back to prehistory with ridiculous messages like saving the trees, closing the big factories, forbidding hunting, and boycotting the products of Nestlé and McDonald's. I know the history of these new barbarians—am I not a historian? These people represent the continuation of the student revolution of '68 that failed miserably. Poor devils, they thought they would change the world with Chairman Mao's Little Red Book and the anti-technology works of Herbert Marcuse. Many of

ottenuto un seggio al parlamento europeo. E non dimentichiamo che i Verdi fanno parte del governo in Germania! Ho posto una sola domanda molto breve ad Amedeo e l'ho pregato di rispondermi con un sì o un no:

«Sei un militante dei Verdi?».

Ha risposto senza esitazione: «No».

Ho tirato un sospiro di sollievo e ho aperto la porta dell'ascensore maledicendo i barbari antichi, moderni e postmoderni.

Non mi chiedete chi è l'assassino, sono un professore universitario e non il tenente Colombo. A proposito, sapete come si chiamava il giovane trovato ucciso in ascensore? Il Gladiatore. Questo è sufficiente a dimostrare il sottosviluppo dei romani e il loro attaccamento patologico al passato. È impossibile trovare a Milano una persona che si faccia chiamare così. Queste cose accadono solo al sud.

these failures have gained power by riding the wave of defending the environment. The proof is the former leader of the French students, Daniel Cohn-Bendit, who got a seat in the European Parliament. And let's not forget that the Greens are part of the government in Germany! I posed a single question to Amedeo and begged him to answer yes or no:

"Are you an activist for the Greens?"

He answered without hesitation: "No."

I drew a sigh of relief and opened the door of the elevator, cursing the barbarians, ancient, modern, and postmodern.

Don't ask me who the murderer is, I am a university professor, not Lieutenant Columbo. By the way, do you know what the young man found murdered in the elevator was called? The Gladiator. That is sufficient to demonstrate the backwardness of the Romans and their pathological attachment to the past. You would never find a person in Milan who would give himself a name like that. Such things happen only in the south.

Sesto ululato

Martedì 4 dicembre, ore 23.08

Sono andato con Stefania al cinema Tibur a San Lorenzo. Abbiamo visto *Così ridevano* di Gianni Amelio. Ha vinto il Leone d'oro alla mostra di Venezia, e racconta la storia degli emigranti italiani che all'indomani della Seconda guerra mondiale lasciarono le loro città e i loro paesini del sud e si spostarono al nord per lavorare e guadagnare un pezzo di pane nella speranza di un futuro migliore. I lavoratori del sud hanno il merito della rinascita industriale del nord e della fioritura delle fabbriche Fiat. Non capisco perché Antonio Marini accusi la gente del sud di pigrizia e di mancanza di fede nel domani!

Venerdì 4 giugno, ore 22.50

Oggi ho incontrato per caso Antonio Marini alla biblioteca della Sapienza. Abbiamo parlato a lungo dell'impero romano e discusso su questioni di colonialismo in generale. Gli ho detto che secondo me i popoli che hanno subito il colonialismo nel corso della storia hanno una parte consistente di responsabilità. Ho riflettuto sul concetto di "colonizzabilità" dell'intellettuale algerino Malek Bennabi. Questa colonizzabilità, cioè la permeabilità al colonialismo, è il risultato di un tradimento tra fratelli. Che Bocco, traditore di Giugurta, vendutosi ai romani, e i suoi seguaci siano maledetti per sempre! Auuuuu...

Sixth Wail

Tuesday December 4, 11:08 P.M.

I went with Stefania to the Tibur theater in San Lorenzo. We saw Gianni Amelio's *The Way We Laughed*. It won the Golden Lion in Venice, and tells the story of Italian emigrants who left the cities and towns of the south after the war and moved to the north to work for their daily bread in the hope of a better future. The workers of the south deserve the credit for the industrial rebirth of the north and the flowering of the Fiat factories. I don't understand why Antonio Marini accuses the people of the south of laziness and lack of faith in tomorrow!

Friday June 4, 10:50 P.M.

Today I ran into Antonio Marini in the Sapienza library. We talked for a long time about the Roman Empire and discussed questions of colonialism in general. I told him that in my opinion the peoples who have endured colonialism in the course of history bear a substantial share of the responsibility. I reflected on the Algerian intellectual Malek Bennabi's concept of "colonizability." This colonizability—that is, a susceptibility to colonialism—is the result of a betrayal among brothers. May Bocchus, the betrayer of Jugurtha, who was sold to the Romans, and his followers be damned forever. Auuuuu . . .

Giovedì 15 novembre, ore 22.48

Marini si lamenta molto degli autisti degli autobus. Dice che non fanno il loro lavoro come si deve e per questo bisognerebbe mandarli a Milano a imparare dai loro colleghi. Ripete sempre che l'unità d'Italia è stato un crimine contro il nord e che il sud è un fardello pesante per la gente del nord. Se fossi buddista direi che quest'uomo si è reincarnato nel gallo del quartiere perché canta tanto, forse troppo!

Lunedì 9 aprile, ore 23.44

Stefania ha ragione quando chiama Antonio Marini il vigile urbano. Per mia fortuna non uso l'ascensore, quindi mi tengo alla larga dalla sua ossessione. Quest'uomo è colpito da una nuova malattia, "l'ascensoremania", molto simile alla paranoia. Non smette di ribadire che l'ascensore è la civiltà e che la differenza fondamentale tra i civilizzati e i barbari consiste in primo luogo nella salvaguardia dell'ascensore.

Sabato 12 agosto, ore 22.54

Questa sera Marini mi ha consigliato di usare l'ascensore, e mi ha detto che le scale causano l'infarto e la rottura del femore e altri guai fisici. Mi ha chiesto di partecipare alla prossima riunione dove si parlerà dell'ascensore. Prendendomi la mano e fissandomi negli occhi mi ha detto: «So che sei l'unica persona civile in questo palazzo. Aiutami nella battaglia contro i nuovi barbari». Gli ho promesso che avrei cercato di convincere gli altri di quanto sia importante prendersi cura dell'ascensore.

Giovedì 23 marzo, ore 23.49

Stamani Marini mi ha chiesto con insistenza se sono un sostenitore dei Verdi, visto che non prendo né l'ascensore né l'autobus e preferisco sempre camminare. Gli ho risposto di

Thursday November 15, 10:48 P.M.

Marini complains a lot about the bus drivers. He says they don't do their job properly and should be sent to Milan to learn from their colleagues. He always says that the unification of Italy was a crime against the north and that the south is a heavy burden for the people of the north. If I were a Buddhist I would say that this man was reincarnated as the neighborhood rooster because he sings so much, maybe too much!

Monday April 9, 11:23 P.M.

Stefania is right when she calls Antonio Marini the traffic cop. Luckily I don't use the elevator, so I can keep clear of his obsession. This man has been stricken by a new malady, "elevator-mania," very similar to paranoia. He never stops repeating that the elevator is civilization and that the fundamental difference between the civilized and the barbarians lies, first of all, in safeguarding the elevator.

Saturday August 12, 10:54 P.M.

Tonight Marini advised me to use the elevator, and told me that going up and down the stairs can cause a heart attack or a broken femur and other physical problems. He asked me to come to the next meeting where the elevator will be discussed. Taking my hand and looking me in the eye he said to me, "I know that you are the only civilized person in this building. Help me in the battle against the new barbarians." I promised him that I would try to convince the other tenants how important it is to take care of the elevator.

Thursday March 23, 11:49 P.M.

This morning Marini asked me insistently if I'm a supporter of the Greens, since I never take the elevator or the

no, e l'ho visto tirare un sospiro di sollievo. Secondo lui i sostenitori dell'ambiente sono i nuovi barbari e i nemici mortali della civiltà, perché vorrebbero fermare l'avanzata dello sviluppo e della ricerca scientifica riportando così l'umanità alla sua preistoria. Alla fine ha concluso la sua lezione con una raccomandazione: «Attento ai Verdi. Sono più pericolosi dei nazisti, dei fascisti, dei brigatisti, degli stalinisti e dei khmer rossi».

Lunedì 2 marzo, ore 22.47

Questa mattina ho letto come al solito la rubrica di Montanelli sul *Corriere della Sera.* Ha sollevato una questione molto cara alla Lega Nord, quella della secessione. Montanelli ha scritto con la sua solita franchezza che il nocciolo del problema consiste nel fatto che l'Italia è nata prima degli italiani; ciò spiega la fragilità dell'unità d'Italia, imposta da una minoranza malgrado il rifiuto della maggioranza. Le parole di Montanelli mi hanno spinto a riflettere seriamente su tutti quei discorsi che mirano all'integrazione degli immigrati nella società italiana. Mi chiedo se esista una società italiana che accetti davvero l'idea di integrazione per gli immigrati. Dell'integrazione in questo momento non mi importa un bel niente. Quello di cui mi importa veramente è come farmi allattare dalla lupa senza che mi morda e divertirmi con il mio gioco preferito: ululare! Auuuuuu...

bus and always prefer to walk. I said no, and I saw him draw a sigh of relief. According to him the supporters of the environment are the new barbarians and the mortal enemies of civilization, because they would like to stop progress and scientific research, and thus return humanity to its prehistory. He concluded his lesson with a warning: "Watch out for the Greens. They are more dangerous than the Nazis, the Fascists, the Red Brigades, the Stalinists, and the Khmer Rouge."

Monday March 2, 10:47 P.M.

This morning as usual I read Montanelli's column in the *Corriere della Sera*. He raised a question very dear to the Northern League, the question of secession. Writing with his usual frankness, he said that the crux of the problem consists in the fact that Italy was born before the Italians; that explains the fragility of Italian unity, which was imposed by a minority despite rejection by the majority. Montanelli's words led me to think seriously about all this talk that aims at the integration of immigrants into Italian society. I wonder if there is an Italian society that truly accepts the idea of integration for immigrants. At the moment I couldn't care less about integration. What I really care about is how to be suckled by the wolf without her biting me, and to enjoy my favorite game: wailing! Auuuuuu . . .

La verità di Johan Van Marten

Mio padre non era molto entusiasta del mio progetto e ha tentato in tutti i modi di convincermi a rivedere la mia decisione: «Johan, lascia perdere l'Italia, non imparerai niente dagli italiani. Ricordati che quel paese ha inventato il catenaccio! Questo modulo di gioco avrebbe ucciso il calcio, se non fosse esistito il calcio totale inventato dagli olandesi». Ricordo ancora le sue ultime parole mentre mi salutava all'aeroporto: «Ricordati, Johan, il Milan è diventato una delle migliori squadre in Europa e nel mondo grazie al trio olandese Gullit, Van Basten e Rijkaard e non grazie ai soldi di Berlusconi». Mio padre non ha mai perdonato questa mia disobbedienza e così ha iniziato a prendermi in giro chiamandomi Gentile, perché secondo lui non merito il nome di Johan che richiama alla mente il grande giocatore Cruyff.

Gentile, lo so, è una parola italiana che significa garbato ed educato, però in realtà è il cognome dell'ex giocatore della Juventus e della nazionale italiana vincitrice dei mondiali 1982 in Spagna e che oggi è il c.t. della nazionale under 21. Claudio Gentile era conosciuto per la sua aggressività e per la sua marcatura a uomo. Per mio padre Gentile è il primo nemico di questo sport, anzi è il simbolo del catenaccio per eccellenza. Secondo lui la Fifa avrebbe dovuto squalificarlo quando ha fatto piangere Maradona e strappato la maglia di Zico ai mondiali di Spagna. Per questo motivo mi sono abituato a dichiarare la mia innocenza ripetendo

The Truth According to Johan Van Marten

My father wasn't very enthusiastic about my project and tried every means to get me to reconsider my decision: "Johan, forget Italy, you won't learn anything from the Italians. Remember, that's the country that invented catenaccio! That system of defensive lockdown would have killed the game, if the Dutch hadn't invented total soccer." I still remember his parting words to me at the airport. "Remember, Johan, Milan became one of the best teams in Europe—and the world—thanks to the Dutch trio of Gullit, Van Basten, and Rijkaard, not Berlusconi's money." My father never forgave my disobedience and so he started teasing me, calling me Gentile, because in his opinion I don't deserve the name Johan, which reminds him of the great player Cruyff.

I know that "gentile" is an Italian word that means polite and well mannered, but actually it's the surname of the former player for Juventus and for the Italian national team that won the world championship in 1982 in Spain, who today is the coach of the national under-21 team. Claudio Gentile was known for his aggressiveness and for man-to-man marking. For my father Gentile is the primary enemy of the sport, in fact the ultimate symbol of catenaccio. In his opinion the international soccer federation should have disqualified him when he made Maradona cry and ripped Zico's shirt at the world championship in Spain. That's why I keep saying "I

questa frase: «Io non sono GENTILE». Ma Gentile è la vera immagine dell'Italia?

Sono arrivato a Roma per studiare cinema e realizzare il bel sogno che mi accompagna da quando ero piccolo. Io sono un grande amante del cinema italiano e non nascondo la mia passione per il Neorealismo, che per me è la miglior risposta al cinema di Hollywood. Adoro i film di Rossellini e De Sica. *Roma città aperta* di Roberto Rossellini e *Ladri di biciclette* di Vittorio De Sica sono fra i migliori film nella storia del cinema. Alcune scene del secondo film sono state girate proprio a piazza Vittorio. È questo il motivo che mi ha spinto a prendere in affitto una stanza nel palazzo dove abita Amedeo a piazza Vittorio.

Certo, ricordo ancora il nostro primo incontro. L'ho visto uscire dal portone del palazzo con sotto il braccio il film *Divorzio all'italiana*, gli ho chiesto il nome del regista e lui mi ha risposto: «Pietro Germi. Questo film è il capolavoro del cinema italiano». Gli ho detto che preferivo i film del Neorealismo e a quel punto mi ha guardato con un sorriso: «La questione merita una dissertazione cinefila al bar di Sandro». Quel giorno abbiamo discusso a lungo sulla condizione del cinema italiano, vittima degli ostacoli della burocrazia. Amedeo sosteneva che la commedia all'italiana ha rappresentato il livello più alto della creatività di questo popolo, perché ha messo in evidenza i paradossi, ha unito tragedia e commedia, ironia e critica seria. Allora mi sono reso conto che Amedeo è una persona aperta e non un sostenitore del catenaccio.

Eh no. Il catenaccio c'entra eccome! Non è solo un modulo difensivo del calcio, ma un modo di pensare e di vivere, frutto del sottosviluppo, della chiusura e della preclusione del lucchetto. Gli esempi legati alla cultura del catenaccio a Roma sono tanti. Per dirne una, dopo le feste dell'ultimo capodanno,

am not GENTILE"—it's my way of saying I'm innocent. But is Gentile the true image of Italy?

I came to Rome to study film and realize the dream I've had since I was a child. I love Italian films; my true passion is neorealism, which in my view is the best response there's been to Hollywood. I adore the films of Rossellini and De Sica. Rossellini's *Rome Open City* and De Sica's *Bicycle Thief* are among the finest films in the history of cinema. Some scenes from *The Bicycle Thief* were shot right here in Piazza Vittorio. That's what inspired me to rent a room in the building where Amedeo lives in Piazza Vittorio.

Of course I still remember our first meeting. I saw him come out the street door of the building with the film *Divorce Italian Style* under his arm, I asked him the name of the director and he said, "Pietro Germi. This film is the masterpiece of Italian cinema." I told him that I preferred the neorealist films and at that point he looked at me with a smile: "This subject deserves a cineaste's dissertation at Sandro's bar." That day we had a conversation about the state of Italian cinema, and how it's become a victim of bureaucratic obstructionism. Amedeo maintained that Italian-style comedy represents the highest level of Italian creativity because it emphasizes paradoxes, combines tragedy and comedy, humor and serious criticism. So I realized that Amedeo is an open person and not a supporter of catenaccio.

No, no. Catenaccio really does have to do with this! It's not just a defensive tactic in soccer but a way of thinking and living, a result of underdevelopment, of locking the chain and throwing away the key. There are plenty of examples of the culture of catenaccio in Rome. To mention one, after the New Year holidays last year, when I came back from Amsterdam I decided to bring gifts for some Italian friends.

di ritorno da Amsterdam, ho deciso di portare qualche regalo ad alcuni amici italiani. Alla stazione Termini mi hanno fermato i poliziotti e mi hanno portato al commissariato per interrogarmi. Non ho capito il perché, credevo che fosse un errore. Hanno frugato nella mia valigia, hanno trovato qualche grammo di marijuana e mi hanno detto:

«Cos'è questa?».

«Regali per gli amici».

«Ci prendi in giro, figlio di puttana?».

«No. Io dico la verità, non ho trasgredito la legge».

«Sei matto?».

«Questi sono regali per gli amici, ecco lo scontrino del tabaccaio di Amsterdam».

«Sei olandese?».

«Sì».

«Ah, adesso è tutto chiaro!».

«Non capisco».

«Roma non è il paradiso dei tossicodipendenti come Amsterdam! Lo spaccio di droga è vietato in Italia. Hai capito adesso? Possedere qualche grammo di marijuana è un reato punito dalla legge».

Alla fine mi hanno rilasciato, dopo avermi fatto giurare che non avrei importato la droga in Italia e che avrei rinunciato definitivamente alla marijuana. Non ho ancora capito che c'entra la marijuana con le droghe come l'eroina. Ma esiste davvero l'Unione Europea? Esiste davvero la libertà di fumare, di credere e di pensare in Italia? L'Italia è un paese civile? Le mie disgrazie con la polizia non si sono limitate a questo episodio. Una notte sono andato a via Gioberti vicino alla stazione Termini, dove si trovano le solite prostitute, e mi è piaciuta una ragazza africana; ci siamo messi d'accordo per andare nella sua stanza in un albergo lì vicino. Avevo appena fatto due passi che la polizia mi ha fermato e mi ha sommerso

The police stopped me and brought me to headquarters to question me. I didn't understand why, I thought it was a mistake. They searched my suitcase, found a few grams of marijuana, and said to me:

"What's this?"

"Presents for my friends."

"Are you making fun of us, you son of a bitch?"

"No. I'm telling you the truth, it's not against the law."

"Are you crazy?"

"These are presents for friends, here's the receipt from the store in Amsterdam."

"Are you Dutch?"

"Yes."

"Ah, that explains everything."

"I don't understand."

"Rome is not a paradise for drug addicts, like Amsterdam! Selling drugs is illegal in Italy. Now do you understand? Possession of marijuana is a crime punishable by the law."

In the end they let me go, after making me swear that I wouldn't bring drugs into Italy and that I would give up marijuana for good. I still don't understand what marijuana has to do with drugs like heroin. Isn't there a European Union? Doesn't the freedom to smoke, believe, and think exist in Italy? Is Italy a civilized country? My troubles with the police are not confined to this one incident. One night I went to Via Gioberti, near the station, where the prostitutes are, and there was an African girl I liked; we agreed to go to her room in a hotel nearby. I was just heading over there when the police stopped me and assaulted me with questions. At a certain point I couldn't take it anymore: "I don't understand why you're arresting me. You don't have the right. I made an arrangement with her, I've already given

di domande. A un certo punto non ce l'ho fatta più: «Io non capisco perché mi arrestate. Non avete il diritto di farlo. Mi sono messo d'accordo con lei, le ho già dato i soldi, non ho commesso nessun reato. E poi questo non è il quartiere a luci rosse come quello di Amsterdam?». Ho rischiato di passare la notte in galera.

Amedeo è straniero! È logico che la persona che rappresenta la magnifica Italia sia straniera? È l'unico che risponde alle mie tante domande sulla politica, la mafia, il cinema, la cucina ecc. Poi non capisco perché Amedeo sia stato accusato dell'omicidio del Gladiatore. Io conosco Lorenzo Manfredini molto bene perché dividevo con lui l'appartamento. Adorava i cani, basta dare una occhiata alla sua casa per vedere appesi al muro centinaia di foto di cani. Chi ama i cani in questo modo non merita di morire come un delinquente. So che non era amato dagli inquilini a causa dei suoi strani comportamenti. Mi diceva sempre: «Io sono un cane randagio e non ho padrone».

Amedeo nutriva rancore nei confronti di Lorenzo? Non lo so. Sono sicuro che il ritrovamento del cadavere nell'ascensore ha un significato preciso. La maggior parte delle beghe tra inquilini derivano dall'ascensore. Tutte le riunioni di condominio si concentrano su di lui: Mr. Ascensore! Una volta ho perso la pazienza e ho gridato a tutti: «Ma lo sapete che il Parlamento olandese ha approvato recentemente una legge che permette all'individuo di suicidarsi? È la prima legge nel mondo che legalizza l'eutanasia. Mentre il popolo olandese dibatte con passione su questa nuova legge, noi discutiamo in merito all'uso dell'ascensore!». È questo il sottosviluppo, maledetto catenaccio! Ho abbandonato la riunione e me ne sono andato infuriato. L'ascensore è l'origine del problema. Non c'è consenso tra gli inquilini a questo proposito: c'è chi vuole mettere l'aria condizionata d'estate e il riscaldamento

her the money, I haven't committed any crime. And then isn't this the red-light district, like the one in Amsterdam?" I nearly spent the night in jail.

Amedeo is a foreigner! Is it logical that the person who represents magnificent Italy is a foreigner? He's the only one who answers all my questions about politics, the Mafia, movies, cooking, and so on. Also, I don't understand why Amedeo has been accused of murdering the Gladiator. I know Lorenzo Manfredini very well—I shared an apartment with him. He adored dogs. Just have a look around his apartment and you'll see hundreds of photographs of dogs on the walls. Someone who loves dogs the way he did doesn't deserve to die like a criminal. I know that he wasn't liked by the other tenants because of his strange behavior. He always said to me, "I'm a stray dog and I have no master."

Did Amedeo harbor some anger toward Lorenzo? I don't know. I'm sure that finding the body in the elevator has a precise meaning. Most of the fights between the tenants originate with the elevator. All the meetings focus on it: Mr. Elevator! Once I lost my temper and shouted, "Do you realize that the Dutch parliament recently approved a law that allows an individual to kill himself? It's the first law in the world that legalizes euthanasia. While the Dutch people passionately debate this new law, we are discussing the use of the elevator!" This is underdevelopment, this is fucking catenaccio! I left the meeting in a fury. The elevator is the source of the problem. There is no agreement among the tenants about it: there are some who want air-conditioning in summer and heat in winter, there are some who propose putting a crucifix and photos of the Pope and Padre Pio in it, while some insist on the right to a secular elevator with no religious symbols. Then, there are some who reject all these proposals, maintaining that they are costly and unnecessary.

d'inverno, c'è chi propone di mettere il crocefisso e la foto del papa e di Padre Pio e chi rivendica un ascensore laico senza nessun simbolo religioso. Poi c'è chi rifiuta tutte queste proposte sostenendo che sono costose e superflue. Insomma, questo ascensore è come una nave guidata da più di un comandante!

Pian piano ho iniziato ad avvicinarmi agli inquilini grazie ai segreti del Neorealismo, e ho scoperto che l'ascensore è un buon soggetto per un bel film che unisca il Neorealismo e il cinema di Fassbinder. Mi sono venuti in mente splendidi titoli: *Catenaccio* o *Mr. Ascensore* o *L'ascensore di piazza Vittorio* o *Scontro di civiltà all'italiana* o *Scontro di civiltà per un ascensore a piazza Vittorio*. Ho sognato di dare il ruolo della protagonista all'attrice tedesca Hanna Shigulla che ha partecipato ai principali film di Fassbinder. Il ruolo della padrona del cagnolino scomparso potrebbe essere adatto a lei. Sono un grande ammiratore dell'iraniano Parviz perché mi ricorda Anthony Queen nei suoi primi film. Invece la portiera napoletana Benedetta è un personaggio fondamentale perché rappresenta il carattere popolare, come Anna Magnani in *Campo de' Fiori*. Ho chiesto ad Amedeo di aiutarmi a convincere tutti gli inquilini del palazzo a recitare nel film. Sono entusiasta di realizzare questo film, ancora di più dopo l'episodio dell'omicidio nell'ascensore. Questa è già pubblicità. Non torno indietro e continuo per la mia strada.

In other words, this elevator is like a ship with more than one captain.

Slowly I began to get to know the tenants, thanks to the methods of neorealism, and I discovered that the elevator would be a good subject for a film that combines neorealism and the cinema of Fassbinder. Some splendid titles came to mind: *Catenaccio*, or *Mr. Elevator* or *The Elevator of Piazza Vittorio*, or *Clash of Civilizations Italian Style* or *Clash of Civilizations Over an Elevator in Piazza Vittorio*. I dreamed of giving the role of the protagonist to Hanna Schygulla, who was in Fassbinder's big films. The role of the owner of the dog who disappeared could be right for her. I'm a great admirer of the Iranian Parviz because he reminds me of Anthony Quinn in his early films. And the Neapolitan concierge Benedetta also has an important role, because she represents the character of the people, like Anna Magnani in *Campo de' fiori*. I asked Amedeo to help me persuade all the people in the building to be in the film. I'm enthusiastic about making this film, and even more so after the murder. That's already publicity. I'm not turning back—I'm going to continue on my path.

Settimo ululato

Sabato 7 novembre, ore 23.43
Oggi ho conosciuto un giovane olandese che si chiama Johan. È uno studente di cinema appassionato di Neorealismo. Abbiamo discusso a lungo sulla realtà del cinema italiano, e ho difeso con forza la commedia all'italiana che affronta argomenti seri e tristi molto spesso in modo comico. Quanto mi piace il film di Pietro Germi *Divorzio all'italiana*, non mi annoio mai a rivederlo. È la storia di un uomo che mette a punto un piano per uccidere la moglie, così può sposare una giovane donna. Si dice che questo film abbia preparato il terreno al referendum sul divorzio in Italia nel 1974.

Venerdì 25 marzo, ore 23.55
Sono andato al carcere Mamertino vicino al Colosseo per la prima volta. È stato molto emozionante. In quel luogo, nel 104 a.C., il nostro grande guerriero Giugurta è morto dopo avere trascorso sei giorni senza cibo né acqua. Maledetti traditori. Tornando a casa ho incontrato l'olandese biondo, gli ho parlato a lungo di Giugurta e della sua resistenza contro i romani. Mi ha detto: «Sei l'unico italiano che conosce la storia di Roma. La vicenda di questo eroe africano può diventare il soggetto per un grande film epico come *Spartaco* di Stanley Kubrick».

Mercoledì 25 maggio, ore 22.53
Johan mi ha chiesto di fargli da guida a Roma. Domani

Seventh Wail

Saturday November 7, 11:43 P.M.

Today I met a young Dutch fellow called Johan. He's a film student who's a fan of neorealism. We had a long discussion about reality in Italian movies, and I strongly defended Italian comedy, which often takes on serious and sad subjects in a comic manner. I love Pietro Germi's film *Divorce Italian Style*, I'm never bored, no matter how often I see it. It's the story of a man who devises a plan to kill his wife so that he can marry a young woman. It's said that this film prepared the way for the referendum on divorce in Italy in 1974.

Friday March 25, 11:55 P.M.

I went to the Mamertine prison near the Coliseum for the first time: it was a moving experience. There, in 104 BC, our great warrior Jugurtha died, after six days without food or water. Goddam traitors. On the way home I met the Dutch student, and talked to him for a long time about Jugurtha and his struggle against the Romans. He said to me, "You're the only Italian who knows the history of Rome. The story of that African hero would be a great subject for an epic like Stanley Kubrick's *Spartacus*."

Wednesday May 25, 10:53 P.M.

Johan asked me to be his guide to Rome. Tomorrow we're

andiamo a Campo de' Fiori, dove è stato girato il famoso film con Anna Magnani e Aldo Fabrizi. Al centro di questa piazza fu bruciato sul rogo Giordano Bruno. Adesso in questo luogo maledetto c'è una grande statua in memoria del filosofo.

Sabato 30 novembre, ore 22.39

Questa sera sono andato con Johan al Goethe Institut per seguire la rassegna dedicata al regista tedesco Fassbinder. Abbiamo visto *La paura mangia l'anima*. È la storia dell'immigrato marocchino al-Hadi, che viene chiamato Ali, e di sua moglie, una tedesca che ha l'età di sua madre. I due subiscono continue pressioni dovute all'ostilità e all'arroganza delle persone che li circondano: vicini, colleghe di lavoro e soprattutto la famiglia della donna. Fassbinder descrive il dramma di Ali lacerato tra la nostalgia del cuscus e il suo tentativo disperato di piacere ai tedeschi.

Lunedì 20 aprile, ore 23.35

Stasera ho incontrato Johan. Era un po' giù a causa degli ostacoli burocratici che gli impediscono di realizzare *Scontro di civiltà per un ascensore a piazza Vittorio*, ma pur lamentandosi di quella che lui definisce la "mentalità del catenaccio" Johan non ha perso il suo entusiasmo. «Il film» mi ha detto, «avrà un grande successo. Adotterò un'impostazione teatrale, utilizzando un unico ambiente, vale a dire l'ingresso del palazzo che sta di fronte all'ascensore. Convincerò gli inquilini a interpretare i loro ruoli come accadeva ai tempi del Neorealismo: Benedetta diventerà un'attrice famosa come Anna Magnani!».

Venerdì 30 novembre, ore 23.16

Il biondo Johan è deciso ad andare avanti con la realizzazione del suo film sul rapporto morboso degli inquilini con l'a-

going to Campo de' Fiori, where the famous film with Anna Magnani and Aldo Fabrizi was shot. In the middle of this square Giordano Bruno was burned at the stake. Now in this cursed place there's a big statue in memory of the philosopher.

Saturday November 30, 22:39 P.M.

Tonight I went with Johan to the Goethe Institute to a retrospective devoted to the German director Werner Rainer Fassbinder. We saw *Ali: Fear Eats the Soul.* It's the story of a Moroccan immigrant, al Hadi, who is called Ali, and his wife, a German woman the age of his mother. The two are under constant pressure because of the hostility and arrogance of the people around them: neighbors, colleagues at work, and especially the woman's family. Fassbinder describes the tragedy of Ali, torn between his nostalgia for couscous and his desperate attempts to please the Germans.

Monday April 20, 11:35 P.M.

I ran into Johan tonight. He was rather depressed because of the bureaucratic obstacles that keep him from making *Clash of Civilizations Over an Elevator in Piazza Vittorio*, but although he was complaining about what he defines as the "catenaccio mentality," Johan hasn't lost his enthusiasm. "The film will be very successful," he told me. "I'll use a theater setup, with a single background—that is, the entrance to the building facing the elevator. I'll persuade the tenants to play their roles the way people did in the era of neorealism: Benedetta will become a famous actress like Anna Magnani!"

Friday November 30, 11:16 P.M.

Blond Johan has decided to go ahead with his film about

scensore. Gli ho chiesto di lasciarmi fuori semplicemente perché non uso l'ascensore. I miei incubi sono sempre ambientati dentro un ascensore: una tomba stretta senza finestre.

the tenants' morbid relationship with the elevator. I asked him to leave me out, simply because I don't use the elevator. All my nightmares take place in an elevator: a narrow tomb without windows.

La verità di Sandro Dandini

Sono il proprietario del bar Dandini che si affaccia sui giardini di piazza Vittorio. La maggior parte dei miei clienti è straniera. Li conosco molto bene, sono in grado di distinguere facilmente tra un bengalese e un indiano, tra un albanese e un polacco, tra un tunisino e un egiziano. Ad esempio i cinesi pronunciano la lettera L al posto della R, come "Buongiolno signole, un'alanciata glazie!". Gli egiziani pronunciano la B al posto della P, come "Ber favore un banino con bollo". Come vedete non è facile convincermi del fatto che il mio amico Amede' non è italiano.

Amede' è Amedeo. A Roma siamo abituati a cancellare le prime lettere o le medie o le finali dei nomi; io, ad esempio, mi chiamo Sandro però il mio vero nome è Alessandro, mia sorella si chiama Giuseppina ma noi la chiamiamo Giusy, mio nipote Giovanni tutti lo chiamano Gianni, mio figlio si chiama Filippo però siamo abituati a chiamarlo Pippo, e ci sono tanti altri esempi del genere.

L'ho conosciuto quando è venuto ad abitare a piazza Vittorio. Ricordo ancora il nostro primo incontro: ha chiesto un cappuccino e un cornetto, si è seduto e ha cominciato a leggere la rubrica di Montanelli sul *Corriere della Sera*. Non ho mai visto nella mia vita un cinese, un marocchino, un rumeno o uno zingaro o un egiziano leggere *Il Corriere della Sera* o *La Repubblica*! Gli immigrati leggono solamente *Porta Portese* per vedere gli annunci di lavoro. Mentre stava andando

The Truth According to Sandro Dandini

I'm the owner of the Bar Dandini, which looks out on the gardens of Piazza Vittorio. Most of my customers are foreigners. I know them well, and I can tell the difference between a Bangladeshi and an Indian, between an Albanian and a Pole, between a Tunisian and an Egyptian. The Chinese, for example, pronounce the letter *l* in place of *r*, as in "Good molning, olange juice." The Egyptians say *b* instead of *p*, for example, "A cabbuccino, blease." As you see, it won't be easy to convince me that my friend Amede' isn't Italian.

Amede' is Amedeo. In Rome we're in the habit of eliminating the first letters or the middle or final ones of a name; for instance, I'm called Sandro but my real name is Alessandro, my sister's name is Giuseppina but we call her Giusy, everyone calls my nephew Giovanni Gianni, my son is Filippo but we always call him Pippo, and there are plenty of other examples.

I met Amedeo when he came to live in Piazza Vittorio. I still remember our first encounter: he asked for a cappuccino and a *cornetto*, and then he sat down and began reading Montanelli's column in the *Corriere della Sera*. I've never in my life seen a Chinese, a Moroccan, a Romanian, a Gypsy, or an Egyptian read the *Corriere della Sera* or *La Repubblica*! The only thing the immigrants read is *Porta Portese,* for the want ads. As he was leaving, I told him that I admired

via, gli ho detto che ero un ammiratore di Montanelli per il suo coraggio, la sua onestà e la sua franchezza, perché ha sfidato i brigatisti quando gli hanno sparato dicendo: «Siete pazzi! Maledetti figli di puttana!». Ho detto che quando Montanelli affermava che "il popolo italiano non ha una memoria storica" secondo me sbagliava. Questo suo giudizio è valido per tutta l'Italia tranne che per Roma, perché la gente di Roma ha una memoria radicata che risale ai romani. Basta passeggiare per le sue strade e ammirare le sue rovine o dare un'occhiata alla bandiera della nostra squadra per godere dell'immagine della lupa che allatta Romolo e Remo. Alla fine mi sono ricordato il consiglio di mio padre per conquistare i clienti:

«Mi chiamo Sandro, e tu?».

«Il mio nome è Amede'».

«Allora sei di Roma?».

«Sono del sud».

Quando stava per andarsene gli ho detto: «A domani, Amedeo», e lui mi ha risposto con un bel sorriso.

Amedeo mi ha fatto un'ottima impressione fin dal primo incontro, però la sua risposta «Sono del sud» mi ha un po' preoccupato. Io non sono razzista, però non sopporto i napoletani. Ho sperato dal profondo del cuore che non avesse niente a che fare con Napoli, perché non ho ancora dimenticato le botte che ho preso qualche anno fa dai tifosi del Napoli dopo un nostro pareggio in casa loro. Dico che non meritavano un giocatore come Maradona. Avete visto come è finita per il povero Diego? Dopo aver conquistato tanti trofei l'hanno accusato di collusione con la camorra e poi l'hanno spinto alla tossicodipendenza, finché è diventato più appassionato della droga che del pallone! Se Maradona avesse giocato con la Roma sarebbe potuto diventare un uomo venerato come il papa. Io non provo imbarazzo nel dire: «Non mi fido del napoletano, neppure se fosse San Gennaro!».

Montanelli for his courage, his honesty, and his frankness, and because he defied the Red Brigades when they shot him, saying, "You're crazy! Goddam sons of bitches!" I said that in my view Montanelli was wrong when he declared that "the Italian people don't have a historical memory." That may be valid for the rest of Italy but not for Rome, because the people of Rome have a deep-rooted memory that goes back to the ancient Romans. You only have to walk the streets and admire the ruins or glance at our team's banner to find the image of the wolf suckling Romulus and Remus. Finally I remembered my father's advice for winning customers:

"My name is Sandro, what about you?"

"My name is Amede'."

"So you're from Rome?"

"I'm from the south."

When he was about to go I said, "See you tomorrow, Amedeo," and he responded with a warm smile.

Amedeo made an excellent impression from that first encounter, but his answer "I'm from the south," worried me a bit. I'm not a racist, but I can't bear Neapolitans. I hoped from the bottom of my heart that he had nothing to do with Naples, because I still haven't forgotten the beating I got some years ago from the Naples fans after a tie on their home field. I say they didn't deserve a player like Maradona. You know how things ended up for poor Diego? After he won so many trophies they accused him of collusion with the Camorra and then they drove him into drug addiction, until he became more passionate about drugs than about the ball! If Maradona had played for Roma he could have become a man venerated like the Pope. I'm not embarrassed to say "I wouldn't trust a Neapolitan, even if he was San Gennaro!"

Amedeo began coming to the bar every morning for the three "C"s: cappuccino, *cornetto*, *Corriere della Sera*. I tried

Amedeo ha iniziato a frequentare il bar tutte le mattine con le tre C: cappuccino, cornetto e *Corriere della Sera*. Ho provato a ottenere dettagli sulla sua origine, la sua famiglia, le sue preferenze sportive e politiche, ma Amedeo non parla molto e questo ha reso tutto più difficile. Il fatto è che io non sono bravo al gioco del gatto e del topo, dunque la mia pazienza si è esaurita in fretta. Allora gli ho detto senza girarci intorno: «Scusa, Amede', dimme de sì o de no: sei de Napoli?».

«No».

«Sei della Lazio?».

«No».

Ho tirato un sospiro di sollievo e l'ho abbracciato come fanno i nostri tifosi quando la Roma segna il goal della vittoria nel recupero, e ho deciso che quel giorno gli avrei offerto la colazione.

Dopo essermi assicurato che non è napoletano né tifoso laziale, mi sono aperto con lui e siamo diventati amici. Poi la nostra amicizia si è intensificata quando ho comprato un appartamento nello stesso palazzo dove abita. Non gli ho mai chiesto dove è nato né quando è arrivato a Roma, ma con il passare del tempo ho scoperto che conosceva questa città meglio di me. Certamente sarà arrivato qui da piccolo, come mio nonno quando ha lasciato la Sicilia un secolo fa e si è stabilito nella capitale. Dopo un po' di tempo Amedeo è diventato un tifoso della Roma, e non salta nessuna partita dell'Olimpico. È tutto merito mio. Sono un apostolo come San Paolo ma con una piccola differenza: io converto alla fede romanista, mentre lui fa proseliti per la Chiesa cattolica. Alla fine ognuno tifa per la sua squadra.

Ma no! Amedeo non era un ultrà. Ho letto su alcuni giornali che il Gladiatore che hanno trovato ucciso nell'ascensore era un tifoso della Lazio, e l'autore dell'articolo ha dedotto che bisognava cercare l'assassino negli ambienti della tifoseria

to learn the details of his origins, his family, his team and political preferences, but Amedeo doesn't talk much, and that made it difficult. The fact is I'm not good at playing cat and mouse, and my patience runs out quickly. So, straight out, I asked him, "Excuse me, Amede', tell me yes or no: are you from Naples?"

"No."

"Are you a fan of Lazio?"

"No."

I drew a sigh of relief and embraced him the way our fans do when Roma scores the winning goal in overtime, and I decided that breakfast was on me that day.

Once I reassured myself that he wasn't Neapolitan or a fan of Lazio, I opened up to him, and we became friends. Our friendship intensified when I bought an apartment in the same building where he lives. I never asked him where he was born or when he came to Rome, but as time passed I discovered that he knows this city better than I do. Surely he must have come here as a small child, like my grandfather, who left Sicily a century ago and settled in the capital. After a while Amedeo became a fan of Roma, and he doesn't miss a game at the Olympic Stadium. It's all thanks to me. I'm an apostle like St. Paul, but with a small difference: I make converts to the Roman faith, whereas he was recruiting for the Catholic Church. When you get right down to it, every fan roots for his home team.

But no! Amedeo wasn't an extremist. I read in some newspaper that the Gladiator who was found murdered in the elevator was a Lazio fan, and the author of the article deduced that they should look for the murderer in neighborhoods with concentrations of Roma fans. But do you really think that's a motive for murder? Rome is innocent. I mean, Amedeo has nothing to do with this horrible crime.

romanista. Ma ti pare che questa è una ragione per uccidere? La Roma è innocente. Voglio dire che Amedeo non ha niente a che fare con questo orribile crimine. Amedeo è buono e generoso, "buono come il pane" diciamo a Roma. Ad esempio è molto generoso con l'iraniano, lo aiuta a trovare un lavoro e gli paga le consumazioni. La cosa degna di attenzione è la passione di Amedeo per i rigori. Preferisce il rigore al goal! Trema quando il giocatore sta per calciare il rigore, non ho mai capito il motivo.

Ho difficoltà a credere a quel che mi dite. Amedeo è un immigrato come Parviz l'iraniano, Iqbal il bengalese, Maria Cristina la grassa domestica, Abdu il venditore di pesce e l'olandese che mi fa molto ridere quando ripete come un pappagallo: «Io non sono GENTILE!». Voi non conoscete Amedeo come lo conosco io. Conosce la storia di Roma e le sue strade meglio di me, anzi meglio di Riccardo Nardi, fierissimo delle sue origini che risalgono agli antichi romani. Riccardo il tassista, che attraversa le strade di Roma su e giù ogni giorno da vent'anni. Una volta ha fatto a gara con Amedeo a chi conoscesse le strade e io come un presentatore di quiz televisivi ponevo loro una serie di domande, ad esempio: dove si trova via Sandro Veronese? Dove si trova via Valsolda? Come si arriva da piazza del Popolo a via Spartaco? Dove si trova piazza Trilussa? E piazzale della Radio? E il ministero degli Esteri? E l'ambasciata francese? E il cinema Mignon? Via del Babuino? Piazza Mastai? Amedeo rispondeva prima di Riccardo. Per quanto riguarda la conoscenza della storia di Roma, Amedeo non ha rivali, conosce l'origine dei nomi delle strade e i loro significati. Non ho mai visto in vita mia una persona come lui. Una volta, dopo l'ennesima sconfitta di fronte ad Amedeo, Riccardo gli ha detto ridendo: «Ammazza' Amede' come conosci Roma! Ma che t'ha allattato la lupa?».

Amedeo is good and generous, "good as bread," we say in Rome. For example, he is very generous with the Iranian, he helps him find jobs and pays for his wine. The thing that's notable is Amedeo's passion for penalties—he prefers a penalty kick to a goal! He trembles when a player is about to kick a penalty, I've never understood why.

I find it hard to believe what you're telling me. Amedeo is an immigrant like Parviz the Iranian, Iqbal the Bangladeshi, Maria Cristina the fat maid, Abdu the fish seller, and the Dutch kid who makes me laugh when he repeats like a parrot, "I am not *gentile.*" You don't know Amedeo the way I do. He knows the history of Rome and its streets better than I do, in fact better than Riccardo Nardi, who's so proud of his origins, which go back to the ancient Romans. Riccardo, who drives a taxi and has been going up and down the streets of Rome every day for twenty years. Once he and Amedeo had a contest to see who knew the streets better. I was like the MC of a TV quiz show, and I posed a series of questions, for example: Where is Via Sandro Veronese? Where is Via Valsolda? How to you get from Piazza del Popolo to Via Spartaco? Where is Piazza Trilussa? And Piazzale della Radio? And the Foreign Ministry? And the French Embassy? And the Mignon cinema? Via del Babuino? Piazza Mastai? Amedeo answered before Riccardo. When it comes to the history of Rome, Amedeo has no equal, he knows the origins of the street names and their meanings. I've never in my life seen a person like him. Once, after yet another defeat by Amedeo, Riccardo said to him laughing, "Wow, Amede', you really know Rome! Did the wolf suckle you?"

Don't say that Amedeo is an immigrant, it gives me a headache. I don't hate foreigners. Wasn't the greatest player of all time, Paulo Roberto Falcao, a foreigner? What about

Non dite che Amedeo è un immigrato, mi viene il mal di testa. Io non odio gli stranieri. Forse che il più grande giocatore di tutti i tempi, Paulo Roberto Falcao, non era uno straniero? Che dire di Piedone, Cerezo e Voeller, forse che non erano stranieri? Questi giocatori hanno fatto la gloria della Roma e per questo meritano rispetto, apprezzamento e stima. C'è una grande differenza tra Roma e Napoli, tra Roma e Milano, tra Roma e Torino. Noi trattiamo gli immigrati con affetto e amicizia. Io non amo la gente del nord perché detiene l'intera ricchezza del paese. Fiji de 'na mignotta! Pensano solo ai loro interessi. Prendiamo l'esempio di Antonio Marini, che tratta gli inquilini del palazzo come i bambini dell'asilo o come appartenessero a una tribù zulù. Non smette di dare ordini. Ci è venuto da Milano per insegnare all'università di Roma, come se questa fosse una città di asini, come se qui non esistessero professori universitari, 'sti fiji de 'na mignotta! Conoscono le arti del favoritismo e delle raccomandazioni e hanno l'ossessione del potere e di imporre la loro volontà a tutti.

Il milanese ha fatto di tutto per impedirci di usare l'ascensore; voleva averlo solo per sé, avanzando le proposte più strane con la scusa che servivano a migliorare la qualità del servizio: chiudere l'ascensore con un catenaccio, impedire ai visitatori e agli ospiti di usarlo, divieto di fumare e sputare, pulirsi le scarpe prima di entrare, mettere uno specchio e una sedia per due persone ecc. Una volta, dopo l'ennesima riunione in cui mi sono rotto veramente i coglioni, gli ho detto: «Mo ha' rotto er cazzo e mo te meno, st'ascensore appartiene a tutti e nun è 'na parte de casa tua, questo è 'r nostro palazzo e nun è 'na tribù de zulù! Va' a Milano a fa' quer cazzo che te pare!». Lui non c'è stato: «Barbari, non sarò mai uno di voi! Difenderò la civiltà in questo palazzo finché sono vivo. L'ascensore è la barriera tra la barbarie e la

Piedone, Cerezo, and Voeller, weren't they foreigners? These players were the glory of Roma, and so they deserve respect, appreciation, and esteem. There's a big difference between Rome and Naples, between Rome and Milan, between Rome and Turin. We're friendly with the immigrants, we treat them affectionately. I don't love the people of the north, because they've got the wealth of the whole country. Bastards! They only think of their own interests. Take the example of Antonio Marini, who treats the residents of the building like nursery-school children or a tribe of Zulus. He never stops giving orders. He came from Milan to teach at the University of Rome, as if this were a city of asses, as if we didn't have university professors here, those bastards! They know all about favoritism and influence, they're obsessed with power, with imposing their will on everyone.

That professor from Milan has done his best to keep us from using the elevator; he wanted to have it just for himself, and he advanced the oddest proposals, on the pretext that they would improve the quality of the service: bolt the elevator door shut, keep visitors and guests from using it, ban smoking and spitting, clean your shoes before entering, put in a mirror and a seat for two people, and so on. Once, after yet another meeting where I was really pissed off, I said to him, "You're a pain in the ass, and I've got a mind to beat you up—this elevator belongs to everybody! It's not part of your house, this is our building and we're not a tribe of Zulus! Go back to Milan and do whatever the fuck you like!" He didn't take that: "You barbarians, I'll never be one of you! I will defend civilization in this building as long as I live. The elevator is the dividing line between barbarism and civilization." He should be thrown in jail on charges of defamation, or, at least, expelled from within the walls of Rome, and forbidden to re-enter for the rest of his life. Let's

civiltà!». Bisognerebbe buttarlo in carcere con l'accusa di diffamazione o almeno cacciarlo fuori dalle mura di Roma, impedirgli di rientrare per tutta la vita. Vogliamo parlare degli scandali indecenti che Mani Pulite ha rivelato, mettendo a nudo la corruzione nelle città del nord, Milano in testa? Dopo tutto questo c'è chi si chiede ancora: perché la Roma ha vinto solo due scudetti mentre Milan, Inter e Juventus hanno conquistato la maggior parte dei trofei in Italia e all'estero? La risposta è semplice: la corruziooooooooooooooone!

Comunque io non sono d'accordo nel considerare il calcio come un semplice gioco tanto per divertirsi. Il calcio è una scuola di vita, ti insegna la serietà, la pazienza, l'applicazione, l'amore per la vittoria e la lotta fino all'ultimo secondo. Vi ricordate la fine della partita della Champion's League tra il Bayern di Monaco e il Manchester United? Il Bayern vinceva uno a zero fino all'ultimo minuto, eppure il Manchester è riuscito a pareggiare e a raggiungere il goal della vittoria prima del fischio finale. Più volte ho litigato con mia moglie a causa del nostro figlio unico Pippo, perché lei sostiene che io lo incoraggio ad abbandonare la scuola. Io le ho detto: «'A scema! Credi ancora nella scuola? Nun vedi che sta a succede 'nde scòle, j'omicidi, i stupri, li sequestri?». Ha risposto che tutto questo si vede al cinema e in certe scuole di neri negli Stati Uniti. A quel punto ho aggiunto: «Amo', ricordate che i nostri modelli vengono sempre dall'America. Fra poco vedrai in tv e in diretta omicidi all'interno delle scuole compiuti dagli allievi stessi, dai piccoli mostri, come li chiamano sui giornali». Ho il diritto di educare mio figlio come voglio, io ho più a cuore il suo futuro. E poi il giocatore di calcio guadagna miliardi mentre i laureati aumentano le fila dei disoccupati. No, la scuola è inutile, è veramente 'na perdita de tempo.

Quando ero ragazzino andavo con zio Carlo allo stadio a vedere la Roma. Lui era un fan di Manfredini Pedro Waldemar,

talk about the disgraceful scandals that the Clean Hands investigation has turned up, exposing the corruption in the cities of the north, starting with Milan? And after all this, people still wonder: why has Rome won only two championships while Milan, Inter, and Juventus have won most of the trophies in Italy and abroad? The answer is obvious: corruuuuuuuuuuuption!

Anyway, I don't agree that soccer should be considered just a simple game, an entertainment. Soccer is a school of life, it teaches you seriousness, patience, application, love of victory, and how to fight to the last second. You remember the end of the Champion's League match between Bayern Munich and Manchester United? Bayern was winning one to nothing right up until the final minute and then Manchester managed to tie and then score the winning goal before the whistle. I've had a lot of arguments with my wife on account of our only son, Pippo, because she claims I'm encouraging him to leave school. I say to her, "You're an idiot! You still believe in school? Don't you see what's happening in the schools—murder, rape, kidnapping?" She says you see all this in the movies, and in some black schools in America. At that point I added, "Remember, love, our models always come from America. Soon you'll be seeing on TV, live, murders carried out in schools by the students themselves—little monsters, as they're called in the newspapers." I have the right to educate my son as I want, I have his future at heart. And then a soccer player earns millions while college graduates just lengthen the lines of the unemployed. No, school is useless, it's really a waste of time.

When I was a boy I went with Uncle Carlo to the stadium to see Roma. He was a fan of Manfredini Pedro Waldemar, called Piedone, Big Foot, because he wore size 14 shoes. Uncle Carlo liked to say, "A match without Piedone is like a

detto Piedone perché portava 46 di scarpa. A zio Carlo piaceva ripetere: "'N derby senza Piedone è come 'n film de Sergio Leone senza Clint Eastwood". Piedone era eccezionale! Ovviamente tengo a precisare che Manfredini detto Piedone non ha niente a che vedere con Manfredini detto il Gladiatore. Che sia chiaro, non facciamo confusione.

Poi, io non nego di aver litigato con il Gladiatore come tutti gli inquilini del palazzo. Provocava tutti con i suoi comportamenti vergognosi. Ad esempio si divertiva a fare disegni osceni e scrivere parole volgari e insulti contro la Roma dentro l'ascensore. L'ho messo in guardia, ma lui testardo ha continuato. Lo dico e lo ripeto: Amedeo nun ha niente a che fare con 'sto omicidio. Sono convinto fino in fondo della sua innocenza e sono pronto a metterci la mano sul fuoco.

Sergio Leone film without Clint Eastwood." Piedone was outstanding! Obviously Manfredini known as Piedone has nothing to do with Manfredini known as the Gladiator. That should be clear, let's not have any confusion.

Then, I don't deny that I quarreled with the Gladiator, like all the residents of the building. He provoked everyone with his outrageous behavior. For example, he thought it was funny to draw pictures and write vulgar words and insults against Roma in the elevator. I warned him, but he stubbornly kept it up. I say again: Amedeo has nothing to do with the murder. I'm utterly certain he's innocent and I'm ready to swear to it.

Ottavo ululato

Giovedì 27 marzo, ore 22.39

Questa mattina ho conosciuto il proprietario del bar Dandini. Si chiama Sandro ed è sulla cinquantina. Mi ha detto che Roma è la memoria dell'umanità, è la città che ci insegna ogni mattina che la vita è un'eterna primavera e la morte una nuvola passeggera. Roma ha sconfitto la morte, e per questo si chiama la città eterna. C'è una cosa che merita d'essere ricordata: quando Sandro mi ha chiesto il mio nome gli ho risposto: «Ahmed». Ma lui l'ha pronunciato senza la lettera H perché non si usa molto nella lingua italiana, e alla fine mi ha chiamato Amede', che è un nome italiano e si può abbreviare con Amed.

Venerdì 27 gennaio, ore 23.42

Sono diventato un credente estremista della triade cappuccino, cornetto e *Corriere della Sera*! Amo tanto il cornetto. Il bar di Sandro è la tappa prima di andare al lavoro. Il mio rapporto con il cappuccino è come quello tra la macchina e la benzina, una carica necessaria per mantenersi in forma tutto il giorno. Ho letto questa sera sull'*Espresso* l'articolo di uno psicologo che consiglia alla gente di cambiare nome ogni tanto, perché questo crea un equilibrio tra le varie personalità che vivono in conflitto dentro ognuno di noi. Ha detto che cambiare il nome aiuta a vivere meglio, perché attenua il fardello della memoria. Quindi io sarei al sicuro dalla schizo-

Eighth Wail

Thursday March 27, 10:39 P.M.

This morning I met the owner of the Bar Dandini. His name is Sandro, and he's around fifty. He told me that Rome is human memory, the city that teaches us every morning that life is eternal spring and death a passing cloud. Rome has defeated death, and that's why it's called the eternal city. Something to remember: when Sandro asked me my name I answered, "Ahmed." But he pronounced it without the letter "h," because "h" isn't used much in Italian, and in the end he called me Amede', which is an Italian name and can be shortened to Amed.

Friday January 27, 11:42 P.M.

I've become a fundamentalist believer in the trio cappuccino, *cornetto*, and *Corriere della Sera*! I really love *cornetti*. Sandro's bar is my first stop on the way to work. My relationship to cappuccino is like a car's to gas: I have to fill up to keep running strong all day. Tonight I read an article in *L'espresso* by a psychologist who advises people to change their name every so often, because it creates an equilibrium among the various personalities that live in conflict within each of us. He said that changing our name helps us to a happier life, because it lightens the burden of memory. So I should be safe from schizophrenia—the name Amedeo won't hurt me. But is there a silent conflict between

frenia, il nome Amedeo non mi danneggia. Ma esiste un conflitto silenzioso tra Amedeo e Ahmed? Cercherò la risposta nell'ululato: Auuuuuuu...

Sabato 25 febbraio, ore 23.08

A Sandro piace molto imitare i presentatori dei quiz televisivi. Spesso mi ritrovo sul banco dei concorrenti, e le domande ruotano intorno ai nomi delle strade di Roma e alla sua storia. Non mi rendevo conto di avere tutte queste informazioni su Roma. Tutto il merito va ai miei piedi. Io adoro camminare, detesto la metro, l'autobus, le macchine e gli ascensori, non sopporto la folla. Amo camminare per godermi la bellezza di Roma in tutta calma, la fretta è nemica dell'innamorato. Sono paziente e sogno di bere da tutte le fontane di Roma e scoprire i suoi angoli più nascosti.

Domenica 7 maggio, ore 23.37

Oggi sono andato con Sandro allo stadio Olimpico per seguire la partita della Roma con il Parma. Non sono contento, nonostante la vittoria della Roma due a zero, perché non ho visto nemmeno un rigore. Quanto è bello vedere un giocatore di fronte al portiere, un uomo contro un altro, una sfida decisiva da cui uno esce vincitore o vinto, vivo o morto! Il rigore è il colpo del gladiatore, e lo stadio Olimpico somiglia molto al Colosseo che raccoglieva settantamila spettatori secoli fa.

Domenica 4 giugno, ore 22.59

Sandro mi ha raccontato che i tifosi del Napoli non sopportano lo stadio Olimpico a causa degli striscioni dei romanisti che danno il loro particolare benvenuto. Ad esempio l'anno scorso durante la partita Roma-Napoli c'era uno striscione con la scritta "Benvenuti tifosi del Napoli, benvenuti in

Amedeo and Ahmed? I'll look for the answer in wailing: Auuuuuu . . .

Saturday February 25, 11:08 P.M.

Sandro likes to imitate television quiz-show hosts. Often I'm one of the contestants. The questions focus on Roman street names and Roman history. I didn't realize that I possessed all this information about Rome. The credit goes to my feet. I love walking, I hate the metro, buses, cars, and elevators, I can't bear the crowds. I love to walk, to enjoy the beauty of Rome in utter calm; hurry is a lover's enemy. I'm patient. I dream of drinking from every fountain in Rome, of discovering the most hidden corners of the city.

Sunday May 7, 11:37 P.M.

Today I went with Sandro to the Olympic Stadium to see a match between Roma and Parma. I'm not happy, in spite of Roma's victory, 2–0, because I didn't see even one penalty kick. How lovely it is to see a player facing the goalie, one man against another, a decisive challenge from which one emerges conqueror or conquered, alive or dead! The penalty is the gladiator's death blow, and the Olympic Stadium is like the Coliseum, where seventy thousand spectators gathered centuries ago.

Sunday June 4, 10:59 P.M.

Sandro told me that Naples fans can't stand the Olympic Stadium because of the banners of the Roma fans, which display a special welcome. For example, last year during the Roma-Naples game there was a banner that said "Welcome, Naples fans, welcome to Italy!" Romans don't much trust Neapolitans, like the concierge Benedetta.

Italia!". I romani non si fidano molto dei napoletani come la portiera Benedetta.

Mercoledì 7 luglio, ore 22.42

Stamattina, mentre ero seduto a bere il cappuccino, una signora italiana ha domandato a Sandro dove si trova via di Ripetta e lui mi ha chiesto aiuto come un naufrago. Ho detto alla signora che la metro è il migliore mezzo per arrivarci, che bisogna scendere alla stazione Flaminio vicino a piazza del Popolo e che a pochi passi c'è via di Ripetta. A quel punto mi sono ricordato quello che mi ha detto Riccardo il tassista: «Amedeo, tu sei stato allattato dalla lupa!». Ormai conosco Roma come vi fossi nato e non l'avessi mai lasciata. Ho il diritto di chiedermi: sono un bastardo come i gemelli Romolo e Remo oppure sono un figlio adottivo? La domanda fondamentale è: come farmi allattare dalla lupa senza che mi morda? Adesso almeno devo perfezionare l'ululato come un vero lupo: Auuuuuuuuuu...

Sabato 22 ottobre, ore 23.44

Stamani Sandro mi ha parlato del problema del calo delle nascite in Italia. Secondo lui è colpa del governo che non incentiva le giovani coppie. Poi si è dilungato sull'analisi del fenomeno dei piccoli mostri, cioè dei bambini che uccidono genitori, fratelli, sorelle e coetanei. Alla fine mi ha detto: «Fare figli è una scelta fallimentare. I figli sono come le azioni in borsa, quando perdono il loro valore non trovano clienti. Nessuno dà ascolto alle raccomandazioni del papa e del presidente della Repubblica che esortano gli italiani a fare i figli, e questo perché i costi sono alti, i rischi immensi e i benefici pochi».

Wednesday July 7, 10:42 P.M.

This morning, while I was sitting drinking my cappuccino, an Italian woman asked Sandro where Via di Ripetta was and he turned to me for help like a man who's been shipwrecked. I told the woman that the metro was the best way to get there, that she should get out at the Flaminia station, near Piazza del Popolo, and that Via di Ripetta was just a few steps away. At that point I remembered something Riccardo the taxidriver said to me: "Amedeo, you were suckled by the wolf!" By now I know Rome as if I had been born here and never left. I have the right to wonder: am I a bastard like the twins Romulus and Remus or an adopted son? The basic question is: how to be suckled by the wolf without being bitten. Now, at least, I ought to perfect the wail, like a real wolf: Auuuuuuuuuu . . .

Saturday October 22, 11:44 P.M.

This morning Sandro talked to me about the problem of the declining birth rate in Italy. According to him it's the government's fault, because it offers no incentives to young couples. Then he went on at length about the phenomenon of "little monsters"; that is, children who kill parents, brothers, sisters, and other kids their age. At the end he said, "Having children is a ruinous decision. It's like having stocks, when they lose their value you won't find a buyer. No one listens to the Pope and the President of the Republic, when they exhort Italians to have children, and that's because the cost is high, the risks immense, and the benefits few."

La verità di Stefania Massaro

Chi è il vero Amedeo? È davvero una strana domanda. Non c'è un vero Amedeo e un falso Amedeo. Esiste solo un Amedeo: quello magnifico che mi ha amato e che io ho amato. Ho letto un giorno una brevissima definizione dell'amore: l'amore è sacrificio. Amedeo ha sacrificato tutto per me. Ha rinunciato alla sua patria, alla sua lingua, alla sua cultura, al suo nome e alla sua memoria. Ha fatto di tutto per rendermi felice. Ha imparato l'italiano per me, ha amato la cucina italiana per me, si è fatto chiamare Amedeo per me, in breve è diventato un italiano per avvicinarsi a me. Credetemi, non c'è paragone tra la mia storia con Amedeo e *Love story* di Erich Segal!

Lavoro in un'agenzia turistica a piazza della Repubblica da dieci anni. Amo tutto quello che ha a che fare con il viaggio. Durante la mia infanzia ho viaggiato molto con mio fratello Roberto e i miei genitori, ma il nostro viaggio nel Sahara resta il più bello in assoluto. I tuareg mi hanno sedotta, mi sono attaccata a loro come il bebè al seno della mamma. Quando è arrivato il momento di partire mi sono messa a piangere, rifiutandomi di ritornare a Roma. Volevo rimanere lì per sempre come Isabelle Eberhardt. Il mio lavoro nell'agenzia non mi impedisce di dedicare alcune ore alla settimana al volontariato come insegnante di italiano agli immigrati.

Certo, mi ricordo molto bene. L'ho visto seduto nei primi banchi che mi guardava con molto interesse, seguiva la

THE TRUTH ACCORDING TO STEFANIA MASSARO

Who is the real Amedeo? I must say, that's a strange question. There isn't a real Amedeo and a fake Amedeo. There is only one Amedeo: that magnificent man who loved me and whom I loved. One day I read a very short definition of love: love is sacrifice. Amedeo sacrificed everything for me. He gave up his country, his language, his culture, his name, and his memory. He did everything possible to make me happy. He learned Italian for me, he loved Italian cooking for me, he called himself Amedeo for me, in other words he became an Italian to be close to me. Believe me, there is no comparison between our story and Erich Segal's *Love Story*!

I've worked in a travel agency in Piazza della Repubblica for ten years. I love everything that has to do with travel. As a child I traveled a lot with my parents and my brother Roberto, but the most absolutely wonderful trip was one we took to the Sahara. I was seduced by the Tuareg, I clung to them like a baby to its mother's breast. When it was time to leave I began to cry, refusing to go back to Rome. I wanted to stay there forever, like Isabelle Eberhardt. My job at the agency doesn't prevent me from working a few hours a week as a volunteer teaching Italian to immigrants.

Of course, I remember very well. I saw him sitting in the first row and looking at me with interest, and he followed the lesson with fierce concentration. I don't know why he

lezione con un'intensa concentrazione. Non so perché mi ha ricordato il Sahara. Era fantastico, rispondeva a tutte le domande con una velocità incredibile:

«Quando sei venuto in Italia?».

«Tre mesi fa».

«Hai studiato l'italiano nel tuo paese?».

«No».

Nel corso di tutti questi anni di insegnamento non ho mai incontrato uno studente come lui. È accaduto qualcosa di molto importante allora: dopo solo una settimana dal nostro primo incontro ho sognato di trovarmi dentro una tenda, fra le braccia di un uomo con il volto bendato tranne gli occhi. Io alzavo lo sguardo e gli dicevo: «Valentino, amore mio!». Lui mi rispondeva: «Io non sono Valentino!», allora toglievo la benda e vedevo il volto di Amedeo. Poi iniziava a baciarmi con lentezza e io sentivo un caldo intenso, come se il mio corpo fosse steso sulla sabbia calda a mezzogiorno. Quanto ero felice! Ho sperato che quel sogno durasse per sempre. Il giorno seguente, quando ho incontrato Amedeo, l'ho ringraziato per i baci della notte precedente, poi gli ho raccontato il sogno per filo e per segno e a quel punto lui mi ha detto: «È bello quando uno realizza il suo sogno per intero o anche solo in parte». Al che io ho azzardato: «Andiamo nel Sahara, ci isoliamo in una bella tenda e realizziamo gli altri particolari del sogno?», e lui mi ha risposto: «Mi piacerebbe realizzare il mio sogno a rate, non in un colpo solo. Ad esempio mi basterebbe baciarti adesso per convincermi che ho messo piede nel sogno». Mi ha preso la mano, poi mi ha abbracciato con una dolcezza che non ha confronti. Dopo pochi giorni la mia camera da letto è diventata una bella tenda. Il sogno si è trasformato in realtà.

Ho chiesto ad Amedeo con insistenza di venire a vivere con me nel mio appartamento a piazza Vittorio, e lui ha esitato un po' prima di accettare. Ho pensato più volte di cambiare casa

reminded me of the Sahara. He was fantastic, he answered every question with amazing quickness.

"When did you come to Italy?"

"Three months ago."

"Did you study Italian in your country?"

"No."

In all my years of teaching I've never met a student like him. Then something very important happened: just a week after we first met I dreamed that I was in a tent, in the arms of a man with his face all bandaged, except for his eyes. I looked up and said to him, "Valentino, my love!" He answered, "I'm not Valentino!" I took off the bandage and saw the face of Amedeo. Then he began to kiss me, slowly, and I felt an intense heat, as if my body were lying on the hot sand at midday. How happy I was! I hoped that dream would last forever. The next day, when I saw Amedeo I thanked him for the kisses of the night before, then I told him the dream in every detail, and he said to me, "It's lovely when a dream comes true entirely, or even only in part." At which I ventured, "Shall we go to the Sahara, retire to a beautiful tent, and make the other parts of the dream come true?" And he answered, "I would like to have the dream in stages, not all at once. For example, it would be enough for me to kiss you now to convince myself that I've set foot in the dream." He took my hand, then he embraced me with a surpassing sweetness. After a few days my bedroom became a beautiful tent. The dream was transformed into reality.

I asked Amedeo insistently to come and live with me in my apartment in Piazza Vittorio, and he hesitated a while before agreeing. I've thought many times of moving, of leaving that building. I can't bear Benedetta, she's a gossip, a big mouth, and above all she's hated me since I was a child and she would blame me for everything that went wrong in the

e di andarmene da lì. Io non sopporto Benedetta, è una chiacchierona, una pettegola, e soprattutto mi odia da quando ero bambina e lei mi accusava di tutto ciò che accadeva nel palazzo. Diceva che ero io a suonare ai campanelli per disturbare gli inquilini, a lasciare l'ascensore aperto. Neanche fossi stata l'unica bambina in tutta piazza Vittorio! Non amo il professore Antonio Marini, perché è come il vigile urbano che non fa altro che impartire divieti e multe a destra e a sinistra. Non mi piace la mia vicina Elisabetta Fabiani: questa stupida non ha esitato a dare il nome del mitico Valentino al suo cagnolino che non smette di ululare come il lupo delle praterie. Una volta mi ha accusato di razzismo. Basta che uno difenda i propri diritti che gli appiccicano subito l'etichetta di razzista! Non so come non mi abbia ancora accusato di essere responsabile della scomparsa del suo cane.

So che Amedeo parla l'italiano meglio di tanti italiani. È tutto merito suo, della sua volontà e della sua curiosità. Io non c'entro con questo miracolo che di solito mi attribuiscono. Amedeo è un autodidatta, vi basti sapere che chiamava il dizionario Zingarelli il suo biberon. Era davvero come il bebè attaccato al seno di sua madre. Leggeva a voce alta per migliorare il suo accento e non si infastidiva quando gli facevo notare qualche errore di pronuncia. Non si annoiava a consultare il dizionario per capire le parole difficili. L'italiano era il suo cibo quotidiano.

Dopo tre mesi dal nostro primo incontro abbiamo deciso di sposarci. Perché aspettare? Ci amavamo. Prima del matrimonio Amedeo mi ha pregato di non chiedergli niente del suo passato. Ricordo ancora le sue parole: «Amore mio, la mia memoria è come un ascensore guasto. Anzi, il passato è come un vulcano dormiente. Cerchiamo di non svegliarlo e di evitare eruzioni». Gli ho detto: «Amedeo, amore mio, io non voglio il passato ma il tuo presente e il nostro futuro». Solo adesso apro gli occhi su

building. She said I rang the doorbells to annoy the tenants, and left the elevator door open. As if I were the only child in all of Piazza Vittorio! I don't like Professor Antonio Marini, because he's like a traffic cop who does nothing but give orders and hand out fines right and left. I don't like my neighbor Elisabetta Fabiani: that stupid woman had no qualms about giving the name of the mythical Valentino to her dog, who won't stop howling, like a wolf on the plains. Once she accused me of being a racist. All you have to do is defend your rights and they stick the label of racist on you! I don't know why she hasn't yet blamed me for the disappearance of her dog.

I know that Amedeo speaks Italian better than many Italians. It's his own doing, his will and his curiosity. I have nothing to do with this miracle, although it's usually attributed to me. Amedeo is self-taught, all you have to know is that he called the Zingarelli dictionary his baby bottle. He was really like a baby attached to its mother's breast. He would read aloud to improve his accent and didn't mind when I corrected his pronunciation. He wasn't bored by consulting the dictionary to understand difficult words. Italian was his daily bread.

Three months after our first meeting we decided to get married. Why wait? We loved each other. Before our marriage Amedeo begged me not to ask him anything about his past. I still remember his words: "My love, my memory is like a broken elevator. Or rather, the past is like a sleeping volcano. Let's try not to wake it, so we can avoid eruptions." I said to him, "Amedeo, my love, I don't want the past. I want your present and our future." Only now am I opening my eyes to this truth: I don't know who Amedeo is. Who was he before he came to Rome? Why did he abandon his native country? Why did he choose Rome? What does his past

questa verità: non so chi è Amedeo. Chi era prima di stabilirsi a Roma? Perché ha abbandonato il suo paese di origine? Perché ha scelto Roma? Cosa nasconde il suo passato? Quale segreto celano gli incubi che lo perseguitano? Un mistero che avvolge la sua vita precedente, forse è questo il segreto della mia passione per lui. Una delle più belle fasi dell'amore è quella della conoscenza, quando ci si tuffa nel mare dell'amore senza curarsi dei particolari né di porre domande noiose.

Confesso che la nostra relazione non ha superato la soglia del corteggiamento. Niente a che vedere con la noia e la routine. "La passione è una scatola piena di sorprese", così dice l'inizio di una bella canzone. Il limite di alcuni innamorati sta nella tentazione di voler sapere tutto l'uno dell'altro. Questo è la causa della noia che fa spegnere la passione in un batter d'occhio. Il vero innamorato non si rivela interamente. Sapete perché i tuareg suscitano ammirazione e stupore? Perché non scoprono il loro volto. Il mistero è il segreto degli dei. Il fantastico è misterioso per natura. Mi fanno pena le donne che dicono: «Conosco perfettamente mio marito», oppure «Sono gelosa del mio fidanzato, i miei occhi non lo lasciano un secondo!». Spesso mi chiedo: cosa c'entra l'amore con il controllo e il pedinamento poliziesco? Non sopporto i dettagli, perché ci impediscono di sognare e di fantasticare.

Amedeo non ama il passato. Spesso mi dice che il passato è come le sabbie mobili, non c'è scampo. Amedeo è misterioso come il Sahara, ed è difficile raccogliere i segreti del Sahara. Una volta ho udito un'anziana del Mali pronunciare parole che ho conservato come perle rare: «Non fidarti mai della guida del Sahara. È come Satana, maledetto per sempre, perché il Sahara non ama gli arroganti. Chi pretende di conoscerlo si deve attendere l'immancabile punizione, la morte per sete. La modestia è l'unica lingua che il Sahara comprende». Qualche anno fa ho conosciuto un turista islandese che mi ha detto una

hide? What secret do the nightmares that haunt him conceal? A mystery that envelops his previous life—maybe that's the secret of my passion for him. One of the most beautiful stages of love is meeting, when one dives into the sea of love without bothering about details or asking dull questions.

I confess that our relationship hasn't gone beyond courtship—there's nothing boring or routine about it. "Passion is a box full of surprises": that's the beginning of a good song. Some lovers are limited by the temptation to want to know everything about one another. This is the cause of the boredom that can kill passion in an instant. The true lover doesn't reveal himself entirely. You know why the Tuareg inspire admiration and amazement? Because they don't uncover their faces. Mystery is the secret of the gods. The fantastic is mysterious by nature. I feel sorry for women who say, "I know my husband perfectly," or "I'm jealous of my boyfriend, I don't take my eyes off him for a second!" I often wonder: what does love have to do with control and police surveillance? I can't bear details, because they keep us from dreaming and fantasizing.

Amedeo doesn't like the past. Often he says to me that the past resembles quicksand: there's no escape. Amedeo is as mysterious as the Sahara, and it's difficult to grasp the secrets of the Sahara. Once I heard an old woman in Mali utter words that I've treasured like rare pearls: "Never trust a guide to the Sahara. He is like Satan, cursed forever, because the Sahara doesn't like arrogance. Those who claim to know it must expect the inevitable punishment, death from thirst. Modesty is the only language the Sahara understands." A few years ago I met an Icelandic tourist who told me something extraordinary: that fishermen in the region where he lives don't know how to swim, because the safety of a shipwrecked man depends not on knowing how to swim but on

cosa straordinaria, e cioè che i pescatori nella regione in cui vive non sanno nuotare, perché la salvezza del naufrago non consiste nel saper nuotare ma nell'obbedienza, nella sottomissione, nella rassegnazione totale al mare. Non c'è differenza tra il mare e il Sahara.

Io non mi vergogno di non conoscere bene Amedeo nonostante tutti gli anni trascorsi insieme. È un viaggio aperto pieno di sorprese stupende e scoperte fantastiche. Ho lavorato a lungo con turisti di tutto il mondo, e secondo me il difetto del turista consiste nella sua voglia eccessiva di sapere e scoprire tutto in pochi giorni. Molto spesso ho consigliato ai viaggiatori di pazientare e non avere fretta. Il bel viaggio non finisce, perché custodisce in sé la promessa di un nuovo inizio per quello seguente. È come i racconti di Shahrazad, che non finiscono mai, iniziano sempre. La bella Shahrazad riesce a salvarsi dalla vendetta del sultano Shahrayar tradito dalla moglie solo attraverso le storie delle *Mille e una notte*. Al canto del gallo lasciava incompleto il racconto per riprenderlo la notte successiva. Fu così che salvò dalla morte se stessa e le altre donne.

Amedeo soffre di mal di stomaco da quando lo conosco. Rimane molto tempo chiuso nel piccolo bagno prima di andare a letto. Ha fatto molte analisi, però senza esito. Tutti i medici che l'hanno visitato hanno detto che il suo stomaco è sano. Ha l'abitudine di rimanere chiuso a lungo nel piccolo bagno ogni notte, prende un registratore per ascoltare la musica, per distendersi i nervi e rilassare le viscere, dice. Ho letto su una rivista scientifica che il medico arabo Avicenna curava i suoi pazienti con la musica. Amedeo ogni tanto soffre di incubi. Non gli ho chiesto mai nulla, perché "l'incubo è la finestra che il passato usa per entrare nei vestiti del ladro", come dice uno scrittore francese.

L'ho sentito molte volte pronunciare parole incomprensibili. Una volta si è svegliato dal sonno spaventato ripetendo:

obedience, submission, total resignation to the sea. There is no difference between the sea and the Sahara.

I'm not ashamed of not knowing Amedeo well in spite of the years we've spent together. It's an open-ended journey full of stupendous surprises and fantastic discoveries. I've worked for a long time with tourists from all over the world, and in my opinion the problem of tourists lies in their excessive desire to discover everything, and know it, in a few days. I often advise travelers to be patient, not to be in a hurry. The best journey doesn't end, because it preserves within itself the promise of a new beginning for the next one. It's like the stories of Scheherazade, which never end, but are always beginning. The beautiful Scheherazade manages to save herself from the revenge of the sultan Shahryar, who has been betrayed by his wife, through the stories of the *Thousand and One Nights*. At the rooster's crow she leaves the story unfinished, to take it up again the following night. That's how she saved herself and the other women from death.

Amedeo has suffered from stomach aches for as long as I've known him. Before going to bed he shuts himself in the bathroom. He's had lots of tests, but without conclusive results. All the doctors who've seen him say his stomach is healthy. He's in the habit of staying shut in the little bathroom for a long time every night, he takes a tape recorder so he can listen to music, to relax his nerves and settle his insides, he says. I read in a scientific magazine that the Arab doctor Avicenna cured his patients with music. Every so often Amedeo has nightmares. I've never asked him about them, because "the nightmare is the window through which the past enters like a thief," as a French writer says.

I've often heard him utter incomprehensible words. Once he woke up frightened, repeating, "Bagia! Bagia!" He was sweating as if he had escaped from Hell. The next day I

«Bàgia! Bàgia!». Sudava come fosse fuggito dall'inferno. Il giorno seguente non ho potuto reprimere la mia curiosità e gli ho chiesto il significato della parola Bàgia. Lui non mi ha risposto e mi ha guardato con rimprovero, forse per ricordarmi il nostro accordo fatto prima del matrimonio: il passato è come il vulcano, attenzione a non svegliarlo! La parola Bàgia mi si è radicata nella memoria e ho provato a scoprirne il significato. Ho chiesto ad alcuni clienti arabi che frequentano l'agenzia, ma non sono riuscita a svelare il mistero.

No. Io dico che non c'è alcun nesso tra l'uccisione di Lorenzo e la scomparsa di Amedeo. Sono sicura che Amedeo è innocente. Non esiste un solo motivo che possa averlo indotto a commettere quest'atto orribile. Il Gladiatore non era una persona amata dagli inquilini del palazzo, questo si sa. Ha fatto del male a tutti senza chiedere scusa a nessuno. Non è giusto colpire Amedeo in questo modo. Chiedete di Amedeo alla gente di piazza Vittorio, vedrete quanto era amato da tutti. Non ha esitato ad aiutare chi ne aveva bisogno senza aspettarsi nessuna ricompensa.

È riuscito, ad esempio, a convincere i bengalesi a mandare le mogli a scuola. Amedeo ha compiuto con successo una difficile missione. La scuola per queste donne è un'occasione per incontrarsi, per parlare, per uscire dalle quattro mura. Anzi, è un vero e proprio pretesto per abbandonare la prigione. Molte donne soffrono di una grande solitudine lontane da casa, nell'estraneità, eppure preferiscono rimanere in Italia perché il biglietto è troppo caro e non possono permetterselo. Tanti bengalesi tornano nel loro paese d'origine una volta ogni cinque anni o anche più raramente. Parlare è utile per sfogare la tristezza, l'angoscia, la nostalgia e l'assenza dei cari. Gli uomini sono terribilmente chiusi, vivono come fossero a Daka, mangiano riso e indossano vestiti bengalesi e vedono film in video. Spesso mi chiedo: vivono veramente a Roma?

couldn't contain my curiosity and I asked him the meaning of the word Bagia. He didn't answer but looked at me reproachfully, perhaps to remind me of the agreement we made before our marriage: the past is like a volcano, be careful not to rouse it! The word Bagia has gotten stuck in my memory, though, and I've tried to find out what it means. I've asked some Arab clients who come to the agency, but I haven't unraveled the mystery.

No. I say that there is no connection between the death of Lorenzo and the disappearance of Amedeo. I'm sure that Amedeo is innocent. There is not a single motive that might have led him to commit such a terrible act. The Gladiator was not liked by the building's residents, everyone knows that. He was mean to everyone without ever apologizing. It's not right to accuse Amedeo like this. Ask the people of Piazza Vittorio about Amedeo and you'll see how much he was loved by everyone. He didn't hesitate to help those who needed it, without expecting any reward.

For example, Amedeo managed to persuade the Bangladeshis to send their wives to school. He successfully completed a difficult mission. For these women the school provides an occasion to meet each other, to talk, to get out of their houses. It's a real motivation for leaving their prison. Many of them—far from home, in a strange culture—suffer tremendously from solitude, yet they stay in Italy because a ticket home is expensive, and they can't afford it. Many Bangladeshis return to their country every five years or even less frequently. Talking is useful for letting out their sadness, anguish, homesickness, for lamenting the absence of loved ones. The men are extremely closed off, they live as if they were in Dhaka, they eat rice and wear Bangladeshi clothes and watch videos. I often wonder: do they really live in Rome?

Non so dove sia adesso, temo gli sia accaduto qualcosa. Lo cerco ancora dappertutto, spero che stia bene. Sono tanti gli interrogativi intorno alla scomparsa di Amedeo per questa orribile accusa di omicidio. Ma io sono ottimista e convinta della sua innocenza. Lo difenderò senza tregua e fino alla fine!

I don't know where Amedeo is now, I'm afraid something has happened to him. I still look for him everywhere—I hope he's all right. There are so many questions surrounding his disappearance, because of this terrible accusation of murder. But I am an optimist, and I'm sure he's innocent. I will defend him to the very end, without giving up!

Nono ululato

Domenica 4 giugno, ore 22.33

Sono come un neonato, ho bisogno del latte tutti i giorni. L'italiano è il mio latte quotidiano. Stefania è la vita, e cioè il presente e il futuro. Amo Stefania perché è legata fortemente alla vita, adoro la sua memoria priva di incubi. Voglio che mi contagi vita, amore, futuro e un felice ululato. Auuuuuuuuu...

Lunedì 17 novembre, ore 23.57

Tanta gente considera il proprio lavoro come una punizione quotidiana. Io, invece, amo il mio lavoro di traduttore. La traduzione è un viaggio per mare da una riva all'altra. Qualche volta mi considero un contrabbandiere: attraverso le frontiere della lingua con un bottino di parole, idee, immagini e metafore.

Mercoledì 29 settembre, ore 23.09

Povera Stefania, è preoccupata per me, crede che soffra di dolori allo stomaco. Il problema è che lo stomaco della mia memoria non ha digerito bene tutto quello che ho ingoiato prima di venire a Roma. La memoria è proprio come lo stomaco. Ogni tanto mi costringe al vomito. Io vomito i ricordi del sangue ininterrottamente. Soffro di un'ulcera alla memoria. C'è un rimedio? Sì: l'ululato! Auuuuuuuuu...

Ninth Wail

Sunday June 4, 10:33 P.M.

I'm like a newborn, I need milk every day. Italian is my daily milk. Stefania is life; that is, the present and the future. I love Stefania because she is closely attached to life, I adore her memory free of nightmares. I want to be infected by life, love, future, and a happy wail. Auuuuuuuu . . .

Monday November 17, 11:57 P.M.

So many people consider their work a daily punishment. Whereas I love my work as a translator. Translation is a journey over a sea from one shore to the other. Sometimes I think of myself as a smuggler: I cross the frontiers of language with my booty of words, ideas, images, and metaphors.

Wednesday September 29, 11:09 P.M.

Poor Stefania, she's worried about me, she thinks I'm suffering from stomach pains. The problem is that the stomach of my memory hasn't yet digested everything I swallowed before coming to Rome. Memory is just like a stomach. Every so often it makes me vomit. I vomit memories of blood non-stop. I have an ulcer in my memory. Is there a cure? Yes: wailing! Auuuuuuuu . . .

Sunday March 9, 11:17 P.M.

Today I finished reading Amin Maalouf's novel *Leo*

Domenica 9 marzo, ore 23.17

Ho finito oggi di leggere il romanzo di Amin Maalouf, *Leone l'Africano*. Ho riletto più volte questo passaggio finché non l'ho imparato a memoria: "Io, Hassan, figlio di Mohamed il pesatore, io, Giovanni Leone de' Medici, circonciso per mano di un barbiere e battezzato per mano di un Papa, vengo oggi chiamato l'Africano, ma non sono africano, né europeo, né arabo... Sono figlio della strada, la mia patria è la carovana, la mia vita la più imprevedibile delle traversate". È meraviglioso potersi liberare dalle catene dell'identità che ci portano alla rovina. Chi sono io? Chi sei? Chi sono? Sono domande inutili e stupide.

Giovedì 18 novembre, ore 22.51

Stefania è molto contenta di aver iniziato a insegnare italiano alle donne bengalesi. Ieri mi ha detto: «Presto fonderemo la prima associazione femminista bengalese in Italia!». Le ho detto che i patti non erano questi. Ha riso, aggiungendo: «Non ti ricordi le parole di Louis Aragon: "La femme est le futur de l'homme"?». Gli ho risposto: «Presto mi farò chiamare come le fou d'Elsa: il matto di Stefania». Amo Stefania perché è il mio futuro.

Giovedì 2 febbraio, ore 23.13

Oggi ho iniziato a leggere gli aforismi di Emil Cioran. Sono rimasto colpito da questo: "Non abitiamo un paese ma una lingua". La lingua italiana è la mia nuova dimora? Auuuuuu...

Sabato 24 ottobre, ore 22.45

Stefania non si stanca mai di vedere *Lo sceicco*, il film con Rodolfo Valentino. L'ho vista piangere qualche volta per la commozione. Forse si è ricordata di suo padre morto in un pozzo di petrolio in Libia qualche anno fa. Suo padre era un esperto ricercatore di petrolio. Stefania crede che la parola

Africanus. I reread this passage over and over until I knew it by heart:" I, Hassan, son of Muhammad the weigh-master, I, Jean-Leon de' Medici, circumcised at the hand of a barber and baptized at the hand of a Pope, I am now called the African, but I am not from Africa, nor from Europe, nor from Arabia . . . I'm the son of the road. My country is the caravan. My life the most unexpected of voyages." It's marvelous to be able to free ourselves from the chains of identity which lead us to ruin. Who am I? Who are you? Who are they? These are pointless and stupid questions.

Thursday November 18, 10:51 P.M.

Stefania is very pleased at having started teaching Italian to the Bangladeshi women. Yesterday she said to me, "Soon we'll establish the first Bangladeshi feminist organization in Italy!" I told her that that wasn't the agreement. She laughed, adding, "Don't you remember that Louis Aragon quote? 'Woman is the future of man.'" I said, "Soon I'll be like *le fou d'Elsa:* Stefania's madman." I love Stefania because she is my future.

Thursday February 2, 11:13 P.M.

Today I started reading the aphorisms of Emil Cioran. I was struck by this one: "We inhabit not a country but a language." Is the Italian language my new dwelling place? Auuuuuu . . .

Saturday October 24, 10:45 P.M.

Stefania is never tired of seeing *The Sheikh,* with Rudolf Valentino. I've seen her weep sometimes, with emotion. Maybe it reminds her of her father, who died in a drilling accident in Libya several years ago. Her father was an expert at finding oil. Stefania believes that the word "expert" was

esperto sia stata la sua maledizione. Mi dice sempre che il Sahara non ha pietà per chi non gli dimostra rispetto.

Giovedì 24 giugno, ore 22.57

Il maledetto incubo mi perseguita. Stefania mi ha detto questa mattina che ho gridato durante il sonno e che ho ripetuto molte volte il nome Bàgia. Non ho voluto rivelarle i dettagli. È inutile farla partecipare al gioco degli incubi. La mia memoria è ferita e sanguina, devo curare le ferite del passato in solitudine. Peccato, Bàgia si fa viva solo negli incubi avvolta in un lenzuolo macchiato di sangue. Oh, mia ferita aperta che non guarirai mai! Non ho consolazione al di fuori dell'ululato. Auuuuuu....

Domenica 30 marzo, ore 23.48

Stamattina ho riletto il romanzo *L'invenzione del deserto* dello scrittore algerino Tahar Djaout. Mi sono soffermato a lungo su questa frase: "La gente felice non ha né età né memoria, non ha bisogno del passato". Ululerò il resto della notte alla ricerca della consolazione: Auuuuuu...

his curse. She always says to me that the Sahara has no pity for those who do not show respect for it.

Thursday June 24, 10:57 P.M.

The damn nightmare is pursuing me. Stefania told me this morning that I cried out in my sleep and that I kept repeating the name Bagia. I didn't want to tell her the details. It's pointless for her to join the game of nightmares. My memory is wounded and bloody: I have to heal the wounds of the past in solitude. A shame, Bagia shows up only in nightmares, wrapped in a bloodstained sheet. Oh, this open wound that will never heal! I have no consolation but wailing. Auuuuuu . . .

Sunday March 30, 11:48 P.M.

This morning I reread the novel *The Invention of the Desert* by the Algerian writer Tahar Djaout. I paused for a long time on this sentence: "Happy people have neither age nor memory, they have no need of the past." I'm going to wail all night long in search of consolation: Auuuuu . . .

La verità di Abdallah Ben Kadour

Perché si è fatto chiamare Amedeo? È questa la domanda che mi lascia molto perplesso. Il suo vero nome è Ahmed, un nome preziosissimo perché è uno di quelli del profeta Maometto e viene menzionato sia nel Corano che nel Vangelo. Francamente non apprezzo molto chi cambia il suo nome o rinnega le sue origini: ad esempio so che il mio nome è Abdallah, e so molto bene che è un nome difficile da pronunciare per gli italiani nonostante abbia giurato di non cambiarlo finché sono vivo. Non voglio disobbedire a mio padre, che mi ha dato questo nome, né a Dio, che ci ha vietato di disobbedire ai genitori. Cambiare nome è un peccato capitale come l'omicidio, l'adulterio, la falsa testimonianza, come derubare gli orfani. Molti italiani che conosco hanno provato a convincermi a cambiare nome e mi hanno proposto una serie di nomi italiani come Alessandro, Francesco, Massimiliano, Guido, Mario, Luca, Pietro e altri ancora, però ho rifiutato decisamente. Il problema non finisce qui. Alcuni hanno usato un trucco molto diffuso a Roma che consiste nell'eliminare la prima parte del nome o la seconda parte. Così ho sentito che mi chiamavano Abd, cioè schiavo, o Allah! Ho chiesto perdono a Dio perché perdona tutti i peccati tranne il politeismo. Ho cercato di mantenere i nervi saldi spiegando loro che tutti gli uomini, compresi i profeti e i messaggeri di Dio, sono suoi servi, e che perciò il mio nome non ha niente a che fare con la schiavitù diffusa ai tempi di Kunta

THE TRUTH ACCORDING TO ABDALLAH BEN KADOUR

Why did he call himself Amedeo? That's the question that leaves me so perplexed. His real name is Ahmed, which is a precious name, because it's one of the names of the prophet Mohammed—it's mentioned both in the Koran and in the Gospels. Frankly I don't much appreciate people who change their name or deny their origins: for example, my name is Abdallah, and I know perfectly well that it's a difficult name for Italians to pronounce, but in spite of that I've sworn not to change it as long as I live. I don't want to disobey my father, who gave me this name, or God, who forbids us to disobey our parents. Changing your name is a capital crime, like murder, adultery, bearing false witness, like stealing from orphans. Many Italians I know have tried to persuade me to change my name, proposing a series of Italian names like Alessandro, Francesco, Massimiliano, Guido, Mario, Luca, Pietro, and others, but I have resolutely refused. The problem doesn't end there. Some have used a trick that's very common in Rome, which consists of eliminating the first or second part of a name. So I've been called Abd, which means "slave," or even Allah! I've asked forgiveness from God because He forgives all sins except polytheism. I've tried to keep my composure as I explain to them that all men, including the prophets and the messengers of God, are His servants, and so my name has nothing to do with the kind of slavery that

Kinte. Così mi sono ritrovato stretto tra due fuochi: o cadere nella trappola del politeismo ogni volta che qualcuno mi avesse chiamato Allah o sopportare le offese di tutti coloro che mi avessero chiamato Abd. Alla fine ho trovato una via d'uscita da questa impasse grazie al mio amico egiziano Metwali, che mi ha consigliato di fare una piccola modifica al nome. Mi ha detto che gli egiziani hanno l'abitudine di dare il nome di Abdu a tutti coloro che portano un nome che inizia per Abd: Abdrahman, Abdalkarim, Abdkader, Abdrahim, Abdjabar, Abdhakim, Abdsabour, Abdaraouf. Ho accettato perché questa soluzione mi evitava i problemi di cui ho parlato fino a ora. Purtroppo c'è chi si fa chiamare con nomi e cognomi intrisi di politeismo. Prendiamo l'esempio di Iqbal il bengalese. Gli ho detto più volte che il suo cognome, Amir Allah, è politeista. Se avesse una conoscenza dell'arabo, avrebbe capito che non c'è differenza tra Amir Allah e Amir superiore ad Allah. Che Dio ci salvi da Satana!

Non cambierò pelle, né religione, né il mio paese, né il mio nome per nessuna ragione. Sono fiero di me stesso, diversamente da quegli immigrati che cambiano i loro nomi per far piacere agli italiani. Prendiamo l'esempio del tunisino che lavora al ristorante "Luna" alla stazione Termini. Il suo vero nome è Mohsen, però si è fatto chiamare o l'hanno chiamato Massimiliano. Dio ha detto nel Corano: "Gli ebrei e i cristiani non ti accetteranno finché non seguirai la loro religione". Dio il grande ha ragione. Non sopporto quelli che rinnegano le loro origini. Conoscete la storia del somaro al quale chiedono chi sia il padre e che risponde: «Il cavallo è mio zio»? Sapete di quel corvo che voleva imitare il modo di camminare della colomba e dopo vari tentativi inutili ha deciso di riprendere il suo modo naturale, e a quel punto scopre che non se lo ricorda più?

Amedeo è del mio quartiere. Lo conosco molto bene come

was everywhere in the time of Kunta Kinte. So I found myself caught between two fires: either fall into the trap of polytheism every time someone called me Allah or endure the insults of those who called me Abd. Finally I found a way out of this impasse, thanks to my Egyptian friend Metwali, who advised me to make a small change in my name. He told me that the Egyptians have a custom of calling Abdu people whose name begins with Abd: Abdrahman, Abdalkarim, Abdkader, Abdrahim, Abdjabar, Abdhakim, Abdsabour, Abdaraouf. I agreed, because this solution avoided the problems I've mentioned. Unfortunately there are some people who have first and last names steeped in polytheism. Take Iqbal, the Bangladeshi. I've told him many times that his last name, Amir Allah, is polytheistic. If he knew Arabic, he would understand that there is no difference between Amir Allah and Amir "superior to Allah." God save us from Satan!

I will not change my skin, or my religion, or my country, or my name, for any reason. I'm proud of myself, I'm not like those immigrants who change their name to please the Italians. Take the Tunisian who works in the restaurant Luna at the station. His real name is Mohsen, but he's had himself called, or they called him, Massimiliano. God says in the Koran: "Jews and Christians will not accept you until you follow their religion." God the Great is right. I can't bear it when people deny their origins. You know the story of the donkey who when he's asked, Who is your father?, answers, "The horse is my uncle"? You know about the crow that wanted to imitate the dove's way of walking and, after various futile attempts, decides to go back to his natural way and at that point discovers that he no longer remembers it?

Amedeo is from my neighborhood. I know him very well, just as I know his whole family. His younger brother was one

conosco tutta la sua famiglia. Suo fratello minore era uno dei miei più cari amici, compagno di scuola e di giochi. Ahmed era una persona amata e stimata nel quartiere. Non ricordo che abbia mai litigato nonostante le frequenti risse tra le bande giovanili, un fenomeno molto diffuso nei quartieri di Algeri. La disgrazia di Ahmed è iniziata quando è morta la sua fidanzata Bàgia, la figlia dei vicini. Ahmed l'amava fin da piccolo, voleva sposarla, ma purtroppo le cose sono andate in modo diverso. Bàgia, che in arabo significa gioia, è un nome femminile e così viene chiamata Algeri.

Un giorno Bàgia era andata a trovare sua sorella a Boufarik, non lontano da Algeri, e mentre tornava in pullman i terroristi hanno organizzato un finto posto di blocco facendosi passare per poliziotti e hanno sgozzato tutti i viaggiatori tranne le ragazze. Bàgia ha provato a fuggire dai criminali e a salvarsi dallo stupro, così le hanno sparato una raffica di mitra. Ahmed non ha saputo accettare quella tragedia. È rimasto chiuso in casa per giorni, poi è scomparso. Nel quartiere giravano diverse ipotesi: c'era chi sosteneva si fosse arruolato nell'esercito in cerca di vendetta contro i fondamentalisti armati, chi sosteneva che avesse raggiunto i combattenti armati sulle montagne come segno di rifiuto e di condanna verso lo stato, chi affermava si fosse isolato entrando in una setta sufi nel Sahara e vivendo come i tuareg, e infine qualcuno ha detto che Ahmed era impazzito e vagava senza meta nudo nelle strade. Un vicino di casa ha persino assicurato ai suoi familiari di aver riconosciuto Ahmed alla stazione ferroviaria di Annaba, all'est del paese, mentre aspettava un treno diretto in Tunisia. Non ho mai capito perché la sua famiglia non si sia rivolta a una trasmissione televisiva molto nota, *Tutto è possibile*, che cerca le persone scomparse. Un giorno ho chiesto a sua madre, zia Fatma Zohra, notizie di Ahmed, e lei mi ha risposto secca: «È

of my dearest friends, my schoolmate and playmate. Ahmed was a person who was loved and respected in the neighborhood. I don't recall that he ever fought, although there were frequent brawls among gangs, which are a widespread phenomenon in the neighborhoods of Algiers. Ahmed's troubles began when his fiancée, Bagia, died; she was the neighbors' daughter. Ahmed had loved her since he was a child, and wanted to marry her, but unfortunately things turned out differently. Bagia, which in Arabic means "joy," is a female name, and a name, too, for Algiers.

One day Bagia went to see her sister in Boufarik, not far from Algiers, and on the way back the bus was stopped by terrorists who had set up a fake checkpoint, passing themselves off as police. They cut the throats of all the passengers except the girls. Bagia tried to flee, to avoid being raped, so they shot her in a burst of machine-gun fire. Ahmed couldn't accept that tragedy. He shut himself in the house for days, then he disappeared. In the neighborhood various hypotheses made the rounds: some said that he had enlisted in the army, seeking revenge against the fundamentalists, some maintained that he had joined the armed fighters in the mountains as a sign of rejection and condemnation of the state, some said that he had gone off to join a Sufi sect in the Sahara and live like the Tuareg, and finally someone said that Ahmed had gone mad and was wandering, naked, through the streets. One neighbor even assured his family that he had recognized Ahmed at the station in Annaba, in the eastern part of the country, waiting for a train to Tunisia. I never understood why his family didn't resort to a well-known television show, *Everything Is Possible*, which looks for missing people. One day I asked his mother, Aunt Fatma Zohra, for news of Ahmed, and she said sharply, "He's outside." The word "outside" has a

fuori». La parola fuori ha mille significati: fuori dalla ragione, o fuori da Algeri, fuori legge, fuori dalla carità dei genitori, fuori dalla grazia di Dio. Ho preferito non insistere e lasciare il pozzo con il coperchio, come dice un nostro proverbio popolare.

Poi un giorno l'ho visto al mercato di piazza Vittorio dove vendo il pesce. L'ho chiamato: «Ahmed! Ahmed!». Ma non mi ha risposto. Mi è sembrato facesse finta di non riconoscermi. Alla fine mi ha salutato, ma freddamente. Era in compagnia di una donna italiana, ho saputo solo dopo che era sua moglie. Ci siamo incontrati più volte al bar Dandini. Non era entusiasta di sapere le ultime notizie sull'Algeria, così ho deciso di evitare di parlargli di argomenti che riguardavano il nostro paese per non infastidirlo. Non ho osato nemmeno consigliargli di abbandonare il nome Amedeo e di tornare al suo nome di origine Ahmed, che è il nome del Profeta, la pace sia su di lui. Si dice che tornare all'origine sia una virtù!

Ahmed o Amedeo – come lo chiamate voi – lavorava alla Corte suprema di Algeri come traduttore dal francese all'arabo. Aveva comprato un appartamento a Bab Azouar per andarci a vivere con Bàgia dopo il matrimonio, ma il destino gli ha riservato un'altra vita. Come vedete la storia di Ahmed Salmi è semplice, non è poi così complicata. La verità è un'altra, non è quella a cui avete creduto fino a ora. Non ci sono segreti particolari, vicende contorte nella sua vita precedente vissuta prima di stabilirsi a Roma.

Vendo il pesce da anni, e non trovo differenza tra la vita dei pesci e quella degli immigrati. Conosco un proverbio che gli italiani ripetono molto spesso: "L'ospite è come il pesce, dopo tre giorni puzza". L'immigrato è un ospite né più né meno, e come il pesce si mangia fresco e poi si butta nella spazzatura quando perde il suo colore. Gli immigrati si dividono in due tipi: c'è il tipo fresco, che viene sfruttato in modo

thousand meanings: outside of reason, outside of Algiers, outside the law, outside the charity of his parents, outside the grace of God. I preferred not to insist and left the cover on the well, as our old proverb goes.

Then one day I saw him in the market in Piazza Vittorio, where I sell fish: I called to him, "Ahmed! Ahmed!," but he didn't respond. It seemed to me that he was pretending not to recognize me. Finally he greeted me, but coldly. He was with an Italian woman, only later did I find out that she was his wife. We met often at the Bar Dandini. He wasn't enthusiastic about hearing the latest news from Algeria, so I decided to avoid talking to him on subjects that had to do with our country—I didn't want to upset him. I didn't even dare to advise him to give up the name Amedeo and return to his original name, Ahmed, which is the name of the Prophet, peace be upon him. It's said that returning to one's origins is a virtue!

Ahmed or Amedeo—as you call him—worked at the Supreme Court in Algiers as a translator from French into Arabic. He had bought an apartment in Bab Azouar for him and Bagia to live in after their marriage, but destiny held another life in store for him. As you see, the story of Ahmed Salmi is simple, it's not that complicated. The truth is different, it's not what you thought up to now. There are no particular secrets, no twisted events in his life before he settled in Rome.

I've sold fish for years, and I find no difference between the lives of fish and the lives of immigrants. I know a proverb that the Italians often repeat: "Guests are like fish, after three days they stink." The immigrant is a guest, no more or less, and, like fish, you eat him when he's fresh and throw him in the garbage when he loses his color. There are two types of immigrants: the fresh ones, who are exploited inhumanly in

disumano nelle fabbriche del nord o nei terreni agricoli del sud, e c'è il tipo congelato, che riempie i frigoriferi e si consuma solo nei momenti d'emergenza. Sapete come Gianfranco, il proprietario del negozio dove lavoro, chiama le ragazze dell'Europa dell'est che vendono i loro corpi per pochi soldi? Pesce fresco!

Gianfranco ha superato i sessant'anni, è sposato e ha quattro figli più grandi di me. Il suo hobby preferito è girare in macchina la sera sull'Appia Antica in cerca di ragazze nigeriane o dell'Europa dell'est, che hanno al massimo vent'anni e spesso molto meno. Così passa un'ora tranquilla con il pesce fresco – così chiama la ragazza di turno – prima di tornare fra le braccia della moglie, che prende in giro con gli amici chiamandola pesce congelato e che richiede sempre un po' di tempo per scongelarsi e riscaldarsi prima di essere consumata. Gianfranco o il Porco – come lo chiamano gli amici – ha l'abitudine di sedersi tutti i giorni in loro compagnia sulla soglia del negozio e di fronte allo sguardo stupito dei clienti racconta nei dettagli le avventure della sera precedente. Molto spesso lo accompagnano grasse risate, seguite da commenti osceni del tipo: «Gianfranco, sei un porco! Gianfranco, sei un porcone!». E il disgraziato non si infastidisce dell'appellativo odioso, perché il porco è il simbolo della virilità in Italia. Anzi, ne va fiero!

Non ho cambiato argomento, parlo ancora di Ahmed. Se sentissi qualcuno chiamarmi Porco gli taglierei la lingua, perché il porco o Hallouf – come lo chiamiamo da noi – è odioso e non ha niente a che fare con la virilità e la mascolinità. Anzi, costituisce il peggior insulto. Il porco è un animale sporco, vive nelle immondizie. Non capisco come mai non è scoppiata ancora la malattia del porco pazzo? Perché questa pericolosa malattia ha colpito solamente la mucca? Questa questione mi lascia perplesso.

the factories of the north or the agricultural lands of the south, and the frozen, who fill the freezers and are used only in an emergency. You know what Gianfranco, the owner of the shop where I work, calls the girls from Eastern Europe who sell their bodies for a little money: fresh fish!

Gianfranco is over sixty, he is married and has four children older than me. His favorite hobby is to drive out on the Appia Antica at night in search of girls from Nigeria or Eastern Europe, girls who are at most twenty and often much younger. So he spends a peaceful hour with the fresh fish—so he calls the girl of the moment—before returning to the arms of his wife, whom he makes fun of with his friends, calling her a frozen fish, who always needs a little time to thaw and warm up before being consumed. Gianfranco, or the Pig—as his friends call him—likes to sit in front of the shop all day with them and, before the astonished gaze of his customers, recount in detail his adventures of the night before. Often enthusiastic laughter greets him, followed by obscene comments like "Gianfranco, you're a pig! Gianfranco, you're a fat pig!" And the cad isn't bothered by that odious nickname, because the pig is the symbol of virility in Italy. In fact, he's proud of it!

I haven't changed the subject, I'm still talking about Ahmed. If I heard someone call me Pig I would cut out his tongue, because the pig or *halouf*—as we call it—is hateful and has nothing to do with virility and masculinity. In fact, it's the worst insult. The pig is a dirty animal, it lives in the garbage. I don't understand why there hasn't been an outbreak of mad-pig disease. Why has that dangerous disease affected only cows? It's a perplexing question.

In Rome there is the Termini station. "Termini" means terminal, the journey is over. There's something strange about this city. It's very difficult to leave. Maybe the water in

A Roma c'è la Stazione Termini. Termini vuol dire che il viaggio è finito. Questa città ha qualcosa di strano. È molto difficile andarsene. Forse l'acqua delle sue fontane si è mescolata con una sostanza particolare che ha origini stregonesche.

Avete visto la differenza tra noi e loro? Ahmed non ha colto bene le differenze sostanziali tra la nostra religione e quella di Gianfranco. Ricordo ancora le paure che mi hanno assalito quando ho sentito la gente chiamarlo Amedeo. Ho temuto che avesse rinnegato l'Islam. Non ho esitato un istante, gli ho chiesto con angoscia e inquietudine: «Ahmed, ti sei convertito al cristianesimo?», e lui mi ha risposto in modo sereno: «No». A quel punto ho tirato un bel respiro e a voce alta: «Sia lode a Dio! Sia lode a Dio!». Le mie paure erano legittime perché di solito chi abbraccia una nuova religione cambia nome, come ha fatto il famoso cantante inglese Cat Stevens che si è fatto chiamare Yousef Islam subito dopo la conversione.

Non vedete cosa dicono i giornali su Ahmed? Quando hanno scoperto che è immigrato e non un italiano non hanno esitato ad accusarlo di omicidio. Certo, Ahmed ha sbagliato a nuotare fuori dal suo bacino naturale. La sua scomparsa ricorda così tanto quella che anni fa seminò sgomento fra i ragazzi del nostro quartiere. Oggi come allora la domanda è sempre la stessa: che fine ha fatto Ahmed o Amedeo – come lo chiamate voi?

the fountains is mixed with a special substance that has magical origins.

Have you seen the difference between us and them? Ahmed hasn't grasped the substantial differences between our religion and Gianfranco's. I can still remember the fear that struck me when I heard people call him Amedeo. I was afraid he had renounced Islam. I didn't hesitate an instant, I asked him with distress and concern, "Ahmed, have you converted to Christianity?" And he answered serenely, "No." I sighed deeply and said aloud, "Praise be to God! Praise be to God!" My fears were legitimate, because usually someone who changes his name has embraced a new religion, like the famous English singer Cat Stevens who had people call him Yousef Islam right after his conversion.

Don't you see what the newspapers are saying about Ahmed? As soon as they discovered that he was an immigrant and not an Italian they didn't hesitate to accuse him of murder. Certainly, Ahmed made a mistake by swimming outside his natural harbor. His disappearance reminds me so much of his disappearance years ago, which caused such dismay in our neighborhood. The question is the same today: what happened to Ahmed, or Amedeo—as you call him?

Decimo ululato

Sabato 25 marzo, ore 22.56

Che differenza c'è tra una colomba e un corvo? Sono un corvo che vuole imitare la colomba? Cos'è l'ululato? Ci sono due tipi di ululato: quello del dolore e quello della felicità. Molti immigrati emarginati che abbracciano le loro bottiglie di vino e di birra nei giardini di piazza Vittorio non smettono di ululare tristemente, perché il morso della lupa è doloroso. Ogni tanto l'ululato è come il pianto. Invece io ululo di gioia, un'immensa gioia. Mi allatto dalla lupa insieme ai due orfanelli Romolo e Remo. Adoro la lupa, non posso fare a meno del suo latte.

Lunedì 21 gennaio, ore 23.15

Quando mi ha chiamato, «Ahmed!», non l'ho riconosciuto subito. Ho sentito una mano sulla spalla e ho cercato di ricordare. «Sono Abdellah, il figlio del tuo quartiere. L'amico di tuo fratello Farid». Ricordavo appena il quartiere, mio fratello Farid, l'Algeria. Salutandomi mi ha detto: «Possiamo vederci venerdì prossimo alla grande moschea, così andiamo insieme in un ristorante marocchino lì vicino a mangiare il cuscus». A quel punto mi sono ricordato di quella volta in cui, assalito dalla nostalgia del cuscus, sono andato in un ristorante arabo e dopo qualche cucchiaio ho vomitato tutto. Solo dopo mi è venuto in mente che il cuscus è come il latte della madre, e ha un odore particolare che si può sentire solo accompagnato da baci e abbracci.

Tenth Wail

Saturday March 25, 10:56 P.M.

What's the difference between a dove and a raven? Am I a raven that wants to imitate a dove? What is wailing? There are two types of wailing, one for grief and one for happiness. Many of the alienated immigrants hugging their bottles of wine and beer in the gardens in Piazza Vittorio never stop wailing sadly, because the wolf's bite is painful. Every so often the wailing is like weeping. I, on the other hand, wail with joy, immense joy. I suckle on the wolf with the two orphans Romulus and Remus. I adore the wolf, I can't do without her milk.

Monday January 21, 11:15 P.M.

When he called out to me—"Ahmed!"—I didn't recognize him right away. I felt a hand on my shoulder and I tried to remember. "I'm Abdallah, from your neighborhood. Your brother Farid's friend." I barely remembered the neighborhood, my brother Farid, Algeria. Greeting me he said, "I'll see you next Friday at the big mosque, then we'll go together to a Moroccan restaurant nearby to eat couscous." At that point I remembered how once, overwhelmed by homesickness for couscous, I went to an Arabic restaurant, and after a few bites I threw up. Only afterward did it occur to me that couscous is like mother's milk, and has a special odor that has to be inhaled accompanied by hugs and kisses.

Mercoledì 5 settembre, ore 23.27

È triste fare Ramadan lontano da Bàgia! A cosa serve rinunciare a mangiare e a bere, per poi mangiare solo? Dov'è la voce del muezzin? Dove il buraq? Dove il cuscus che preparava mamma con le sue mani? Dove il qalb alluz? Dove la zlabia? Dove la harira? Dove il maqrout? Come faccio a dimenticare le serate di Ramadan nei quartieri popolari, il ritorno a casa la notte tardi? La voce di mamma piena di tenerezza, l'amore che incantava il mio orecchio: «Figliolo, questo è il momento di suhur[1]». Il mese di Ramadan, la piccola festa, la grande festa e le altre feste riempiono di ansia il mio cuore. Mi hanno consigliato: «Perché non vai alla grande moschea di Roma per la preghiera della grande festa?». No, grazie. Non voglio vedere centinaia di bisognosi come me, bisognosi dell'odore dei loro cari.

Venerdì 25 ottobre, ore 23.22

Domani si festeggia la fine di Ramadan. Sicuramente mia madre piangerà molto per la mia assenza. In giorni come questi la distanza aumenta e il calore dei sentimenti dei nostri cari si raffredda. La chiamerò domani per farle gli auguri, come sempre in queste occasioni. So che mi rimprovererà un po' all'inizio, come tutte le volte, poi pregherà molto per me. Quanto desidero sentire questa frase dalla sua bocca: «Ahmed, figlio mio, che la tua festa sia benedetta e che ogni anno tu stia bene!».

Martedì 20 marzo, ore 23.15

Ho l'australiana, non riesco ad alzarmi. La malattia sveglia in me il diavolo della nostalgia o la belva – come la chia-

[1] Consumare un pasto leggero poco prima dell'alba per poter affrontare una giornata di digiuno.

Wednesday September 5, 11:27 P.M.

It's sad spending Ramadan far away from Bagia! What's the point of giving up eating and drinking, only to eat alone? Where is the voice of the muezzin? Where is the *buraq*? Where is the couscous that Mama prepared with her own hands? Where is the *qalb alluz*? Where is the *zlabia*? Where is the *harira*? Where is the *maqrout*? How can I forget the nights of Ramadan in the neighborhood, and coming home late? Mama's voice full of tenderness, the love that charmed my ears: "My son, it's time for the *suhur*." The month of Ramadan, the Little Feast, the Big Feast, and the other feasts fill my heart with anxiety. People say: "Why don't you go to the big mosque in Rome for the prayers for the Big Feast?" No, thank you. I don't want to see hundreds of needy people like me, needy for the odor of their loved ones.

Friday October 25, 11:22 P.M.

Tomorrow the end of Ramadan is celebrated. Of course my mother will weep because of my absence. On days like this the distance increases and the warmth of the feelings of our loved ones grows cold. I'll call her tomorrow with good wishes, as I always do on these occasions. I know she'll reproach me a little at first, as she always does, then she'll pray for me. How I long to hear her say these words: "Ahmed, my son, may your feast be blessed and may you be well every year."

Tuesday March 20, 11:15 P.M.

I have the flu, I can't get up. Illness stirs up the devil of homesickness, or the beast—as we call it—that is the fear of dying: dying far from the eyes of our dear ones, dying alone, dying far from our mother. "How can I tell my mother I'm afraid?" De André wonders in a song of his. Isn't eternal rest

miamo da noi – che è la paura di morire: morire lontano dagli sguardi dei cari, morire solo, morire lontano dalla mamma. «Come potrò dire a mia madre che ho paura?» si domanda De André in una sua canzone. Forse il riposo eterno non è il ritorno all'utero della mamma? Che angoscia una tomba in esilio che raccoglie i tuoi resti! Auuuuuuu...

Sabato 26 aprile, ore 02.14

Mi ha svegliato poco fa l'ospite delle tenebre, lo stesso incubo che viene a trovarmi ogni tanto. Non torno a dormire. Cos'è l'incubo? L'incubo è un cane feroce. Mio nonno era un contadino, non ha mai abbandonato il suo villaggio nelle montagne di Djurdjura e mi diceva sempre: «Quando un cane ti annusa non scappare, rimani fermo e fissalo negli occhi. Vedrai, farà un passo indietro. Invece se scappi ti correrà dietro e ti morderà». Io non fuggo di fronte agli incubi. Li guardo in faccia ricordando tutti i dettagli. Li sfido senza paura, perché il cesso è la tomba dell'incubo. Eccolo l'incubo in versione integrale:

Vedo... vedo me stesso uscire dal buco della vita coperto di sangue. I cuori dei parenti battono molto forte. Avanti, mamma! Mia madre lotta contro i dolori del parto e alza la testa con difficoltà. Prima di asciugarmi le lacrime e di stampare i primi baci sulle mie guance rosse, mia madre dà un'occhiata con angoscia e ansia al di sotto dell'ombelico. Adesso tira un lungo sospiro. Dio e santi hanno accolto la sua implorazione:

– Dhakar! Dhakar! Dhakar[2]!

– Yuuuuyuuuuuyuuuuuuuuuuuuuu...

Così accolgo la vita con le lacrime e lei, la vita, mi accoglie con gli zagharid[3]. Non importa se il neonato dhakar sia

[2] In arabo significa sia maschio che pene.

[3] Acuto ululato tipicamente femminile che sottolinea particolari momenti di gioia.

a return to the mother's womb? What anguish is a tomb that holds your remains in exile! Auuuuuuu . . .

Saturday April 26, 2:14 A.M.

The guest of the shadows woke me a little while ago, the same nightmare that visits every so often. I can't get back to sleep. What is the nightmare? The nightmare is a fierce dog. My grandfather was a peasant, who never left his village in the mountains of Djurdjura, and he would say to me, "When a dog sniffs you, don't run away, stand still and look him in the eye. You'll see, he'll back off. Instead, if you run away he'll run after you and bite you." I don't run away from my nightmares. I look them in the face, remembering all the details. I challenge them fearlessly, because the toilet is the nightmare's tomb. Here's the nightmare in its full version:

I see . . . I see myself emerging from the hole of life covered with blood. The hearts of my relatives are pounding. Courage, mama! My mother fights the birth pains, struggles to lift her head. Before drying my tears and planting the first kisses on my red cheeks, my mother glances with anguish and anxiety below my navel. Now she heaves a long sigh. God and the saints have heard her prayer.

"*Dhakar! Dhakar! Dhakar!*"[1]

"Yuuuuyuuuuuyuuuuuuuuuuu..."

So I greet life with tears, and it, life, welcomes me with *zagharid*.[2] It doesn't matter if the newborn *dhakar* is handsome or not. It doesn't matter if the newborn is healthy or sick. It doesn't matter if the unborn child . . . it doesn't matter . . . it doesn't matter. What matters is that it is a *dhakar*.

[1] In Arabic *dhakar* means both male and penis.

[2] A sharp, typically female ululation that emphasizes particular moments of joy.

bello o brutto. Non importa se il neonato sia sano o malato. Non importa se il nascituro... non importa... non importa. Ciò che importa è che è un dhakar. Ciò che importa è che sono un dhakar. Anzi, ciò che conta alla fine non sono io. Quello che conta veramente è il mio dhakar.

Vedo... vedo il mio dhakar o il dhakar della mia famiglia crescere fino al momento della circoncisione. Vedrò il mio sangue scorrere e maledirò gli zagharid che soffocheranno il mio singhiozzo. Ricorderò gli zagharid della nascita un'altra volta e vedrò di nuovo il mio sangue cadere a gocce per terra. Perché hanno sgozzato il dhakar? La chiamano la festa della purificazione! A loro il canto, il ballo e la gioia e a me il dolore, le lacrime e la sofferenza: quello che mi fa male è il fatto di non essere consultato. Ma a chi appartiene il dhakar, a me o a loro? Vedrò il dhakar crescere e militare in clandestinità. E in fretta la piccola testa rossa entrerà nella vita pubblica con il matrimonio. Così il mio dhakar si sposa e io mi trovo nei guai. La prima notte di matrimonio il mio odio per chi mi ha ingannato aumenterà.

Vedo... vedo me stesso solo di fronte al muro della verginità. La muraglia cinese! Le montagne dell'Himalaya! Quanto sono triste per gli anni perduti! Mi hanno detto che l'adulterio viene punito con cento frustate. Mi hanno combattuto con tutte le armi: Dio, i profeti, i santi, la religione, la consuetudine, la buona condotta, il giudizio della gente, l'Aids. Così saliamo sul ring come due pugili al loro primo match. Lei ha paura e anch'io. I consigli, le raccomandazioni rimarranno fuori dalla nostra camera da letto. Però lei ha più paura di me. Mi faccio coraggio con un bicchiere o due e con qualche sigaretta. Cosa le dico? Non le dirò nulla. Le mie parole la incoraggeranno e mi indeboliranno. Vittima o carnefice! Non c'è altra scelta. Non alza gli occhi. Ha paura più di me. La bacerò? La carezzerò? Cos'è questo tira e molla? Tutti aspettano

What matters is that I am a *dhakar*. Rather, what counts in the end is not me. What really counts is my *dhakar*.

I see . . . I see my *dhakar* or the *dhakar* of my family grow until the moment of circumcision. I will see my blood flow and I'll curse the *zagharid* that suffocate my sobs. I'll remember the *zagharid* of birth again, and again see my blood falling, drop by drop, on the ground. Why did they cut the throat of the *dhakar*? They call it the festival of purification! For them singing, dancing, and joy; for me pain, tears, and suffering: what hurts me is the fact that I wasn't consulted. But to whom does the *dhakar* belong, me or them? I'll watch the *dhakar* grow, and its secret activities. And quickly the small red head will enter public life with marriage. So my *dhakar* gets married and I'm in trouble. On the wedding night my hatred for those who tricked me will increase.

I see . . . I see myself alone before the wall of virginity. The Chinese wall! The mountains of the Himalayas! How I grieve for the lost years! They told me that adultery is punished with a hundred lashes. They fought me with all their weapons: God, the prophets, the saints, religion, custom, good behavior, people's opinion, AIDS. So we went into the ring like two fighters at their first match. She is afraid and I am, too. The advice, the recommendations will remain outside our bedroom. But she is more afraid than I am. I screw up my courage with a glass or two and some cigarettes. What do I say to her? I won't say anything. My words will encourage her and weaken me. Victim or executioner! There is no other choice. She won't look up. She is more afraid than I am. Will I kiss her? Caress her? What is this hesitation? They're all waiting outside the door. The mouths of the women are filled with *zagharid*. Goddam *zagharid*! The *dhakar* has to penetrate the wall. This is indisputable. It could betray me at the last minute, and I would pay a price

dietro la porta. Le bocche delle donne sono colme di zagharid. Maledetti zagharid! Deve penetrare il muro. Questo è fuori discussione. Potrebbe tradirmi all'ultimo minuto, e pagherei un prezzo troppo alto. Io non mi fido di lui. Non mi fido di nessuno. Potrei cadere nella trappola della magia delle donne cattive che rubano la virilità ai maschi. E sarei colpito dalla maledizione al marbout[4]. Ma non è il signor dhakar a salvarmi da questa notte folclorica. Dài, avanti! Non si sentiranno gli zagharid se non scorrerà il liquido sacro. Il dhakar è il coltello che sgozza la verginità. Avanti! Sangue! Sangue! Sangue! Sangue! Sangue! Sangue!

– Yuuuuuuuuyuuuuuuuyuuuu

Vedo... vedo me stesso uscire dalla camera coperto di sangue. La mia famiglia, quella della mia sposa e gli ospiti mi assaltano come vespe che si accaniscono su una carogna. Dopo un po' sento dei denti dentro la mia carne, vedo il mio sangue per terra, apro gli occhi con difficoltà e vedo tanti lupi che mi circondano da tutte le parti. Auuuuuuu...

Nel frattempo un vecchio con una lunga barba bianca mi passa accanto senza fermarsi.

«Aiutami, nonno».

«Io non sono tuo nonno».

«E allora chi sei?».

«Io sono Luqmàne[5]».

«Aiutami, Luqmàne il saggio».

«Ascolta i miei consigli, imparali a memoria. Figliolo, se camminando ti fermeranno degli uomini armati e ti costringeranno a fare il giudice chiedendoti: "Chi ha ragione e chi ha torto, Caino o Abele?", guai a te se risponderai: "Caino ha ragione e Abele ha torto". Gli uomini armati potrebbero

[4] Stregoneria femminile che causa l'impotenza sessuale.
[5] Personaggio citato nel Corano per la sua grande saggezza.

that's too high. I don't trust it. I might fall under the spell of evil women who rob men of their virility. I would be struck by the curse of the marbout. But it's not Mr. Dhakar who can save me from this folkloric night. Let's go, onward! The *zagharid* won't be heard if the sacred liquid doesn't flow. The *dhakar* is the knife that cuts virginity. Onward! Blood! Blood! Blood! Blood! Blood! Blood!

"Yuuuuyuuuuuyuuuuuuuuuuu..."

I see . . . I see myself coming out of the room covered with blood. My family, my wife's family, and the guests assault me like wasps hovering pitilessly over carrion. After a while I feel teeth in my flesh, I see my blood on the ground, I struggle to open my eyes, and see wolves surrounding me on all sides. Auuuuuu . . .

In the meantime an old man with a long white beard passes me without stopping.

"Help me, grandfather."

"I'm not your grandfather."

"Then who are you?"

"I'm Luqmanè."[3]

"Help me, Luqmanè, O wise man."

"Listen to my advice, learn it by heart. My son, if, as you walk, armed men stop you and force you to be the judge, asking you, 'Who is right and who is wrong, Cain or Abel?' woe to you if you answer, 'Cain is right and Abel is wrong.' The armed men might be Abel's men and it will be the end of you. Oh my son, woe to you twice if you say that Cain is wrong and Abel is right, because the armed men might be Cain's men, and it will be the end of you. Oh, my son, woe to you three times if you say that neither Cain nor Abel is

[3] Character cited in the Koran for his wisdom.

essere abeliani e sarà la tua fine. Oh figliolo, guai a te due volte se dirai che Caino ha torto e Abele ha ragione, perché gli uomini armati potrebbero essere cainiani e sarà la tua fine. Oh figliolo, guai a te tre volte se dirai che né Caino né Abele hanno torto: sarà la tua fine, perché il nostro tempo è molto stretto, non c'è spazio per la neutralità. Figliolo, tagliati la lingua e ingoiala. Oh figliolo, scappa! Scappa! Scappa! Guai alla discordia, perché è più pericolosa dei denti dei lupi. Auuuuu...».

Sull'onda di questo notturno ululato mi sono svegliato tremando, sono entrato in fretta in questo piccolo bagno e ho iniziato a registrare queste parole d'incubo.

wrong: it will be the end of you, because our time is very short, and there is no room for neutrality. My son, cut out your tongue and swallow it. Oh, my son, run away! Run away! Run away! Woe to strife, because it's more dangerous than the teeth of wolves. Auuuuu..."

On the crest of this nocturnal wail I woke trembling, I went quickly into the little bathroom and began recording the nightmare's words.

La verità di Mauro Bettarini

Ho imparato dal mio lavoro di commissario di polizia che la verità è come una moneta, ha due facce. La prima completa sempre la seconda.

La verità: la prima faccia

Per me l'inchiesta è conclusa. L'assassino è Ahmed Salmi, che tutti chiamano Amedeo. La sua scomparsa improvvisa conferma il suo coinvolgimento nell'uccisione del giovane Lorenzo Manfredini detto il Gladiatore. Di solito il criminale fugge. La realtà è molto diversa dai film. Il tenente Colombo è l'unico che non fatica nella ricerca e nell'arresto dei criminali per il semplice motivo che alla fine loro si arrendono senza resistenza. Sfortunatamente io non sono Colombo, e sono costretto a seguire le tracce dei criminali e poi sbatterli in prigione.

Sono stato incaricato di indagare su questo omicidio perché conosco abbastanza bene questa zona. Ho passato molti anni al commissariato dell'Esquilino e ho avuto la possibilità di avvicinarmi ai problemi dei residenti di piazza Vittorio. Ho conosciuto Ahmed Salmi o Amedeo quando si è proposto di mediare per risolvere il problema dei piccioni di piazza Santa Maria Maggiore causato dal suo amico iraniano. Non ho dubbi, questo immigrato iraniano è un pazzo. Una volta mi ha detto: «Perché mi arrestate senza motivo, mentre lasciate liberi i delinquenti di mangiare la pizza nella metropolitana disturbando la gente?». Uno che dice queste

The Truth According to Mauro Bettarini

I've learned from my job as a police inspector that the truth is like a coin: it has two faces. The first always completes the second.

The Truth: The First Face

For me the investigation is over. The murderer is Ahmed Salmi, whom everyone calls Amedeo. His sudden disappearance proves his involvement in the killing of young Lorenzo Manfredini, known as the Gladiator. Usually the perpetrator flees. Reality is very different from the movies. It's only Lieutenant Columbo who doesn't have to struggle to find the criminals and arrest them, for the simple reason that in the end they surrender without resistance. Unfortunately, I'm not Columbo, and I have to track down the criminals and then put them in jail.

I was assigned to investigate this murder because I'm well acquainted with the area. I've spent many years at the police station on the Esquiline, and I've had the opportunity to get to know the problems of the residents of Piazza Vittorio. I met Ahmed Salmi or Amedeo when he offered to help resolve the problem with the pigeons in Piazza Santa Maria Maggiore caused by his Iranian friend. I have no doubt, this Iranian is crazy. Once he said to me, "Why do you arrest me for no reason, while when it comes to those delinquents who bother people by eating pizza on the metro you leave them

parole non meriterebbe di essere rinchiuso in un ospedale psichiatrico? L'imputato mi ha chiesto un anno fa di aiutare un immigrato asiatico, non ricordo il suo paese di origine, a correggere alcuni errori sul permesso di soggiorno.

Pensavo che Amedeo fosse un volontario italiano che aiutava gli immigrati accogliendo alcune delle loro richieste riguardo la salute e il lavoro. Non capisco perché alcuni italiani si stancano tanto ad aiutare gli immigrati. Molti chiedono l'espulsione degli immigrati delinquenti perché la metà dei detenuti nelle carceri italiane sono stranieri. Noi stiamo tra il fuoco della destra e il fuoco della sinistra: la stampa di destra ci critica perché non siamo inflessibili nei confronti degli immigrati, mentre quella di sinistra ci accusa di essere brutali. Non è facile espellere i delinquenti immigrati, perché non conosciamo i loro veri paesi e i loro nomi reali. L'immigrato delinquente è abituato a cambiare nome e a falsificare la sua identità.

Dico che bisogna impedire la proiezione dei film e dei serial polizieschi, perché sono diventati una scuola per formare i criminali. Ci sono infinite ricette su come procedere per uccidere il marito o l'amante o il capo e disfarsi del cadavere, e su come imbrogliare gli inquirenti ed evitare di cadere nella trappola degli interrogatori della polizia. Ammetto che il nostro lavoro è diventato duro e stancante, perché i segreti del nostro mestiere sono alla portata di tutti. Siamo giunti alla bancarotta. Che la tv sia maledetta! Qualche giorno fa è venuto a cercarmi il biondo olandese al commissariato. L'ho ricevuto, pensando avesse qualche informazione importante circa l'omicidio dell'ascensore, e sono rimasto esterrefatto quando mi ha detto: «Commissario, sono felice di proporle di partecipare al mio nuovo film». Mi sono alzato di scatto facendo uno sforzo enorme per controllare i nervi e ho iniziato a gridare: «Vai via! Vai via! Vai via!». Se l'avessi preso in quel momento l'avrei ucciso.

alone?" Shouldn't a man who says something like that be locked up in a mental institution? The accused also asked me a year ago to help an Asian immigrant, I don't remember where he was from, to correct some mistake on his residency permit.

I thought that Amedeo was an Italian volunteer who helped the immigrants with some of their applications regarding health care and jobs. I don't understand why certain Italians make such an effort to help the immigrants. Many others are demanding that criminal immigrants be expelled, since half the prisoners in Italian jails are foreigners. We're between the fire on the right and the fire on the left: the press on the right criticizes us because we are not inflexible toward the immigrants, while the left accuses us of brutality. It's not easy to expel immigrants who commit crimes, because we don't know their real countries or their real names, and, besides, they're used to changing their names and falsifying their identities.

I say we should forbid the showing of police films and TV shows, because they've become a school for training criminals. There are endless formulas for how to go about killing a husband or lover or boss and disposing of the body, and for how to deceive the investigators and avoid falling into the traps of police interrogators. I admit that our job has become arduous and demanding, because the secrets of the work are available to anyone. We've reached the point of bankruptcy. TV be damned! A few days ago a young Dutch fellow came looking for me at headquarters. I agreed to see him, thinking he had some important information on the elevator murder, and I was astonished when he said to me, "Inspector, I am happy to invite you to participate in my new film." I got up like a shot, making an enormous effort to control myself, and began shouting, "Get out! Get out!

C'è un legame tra l'omicidio, la scomparsa improvvisa di Amedeo e il ritrovamento del cadavere del ragazzo nell'ascensore. Abbiamo iniziato le prime indagini scoprendo la scomparsa, anzi la fuga dell'imputato Amedeo. La questione che ci siamo posti è la seguente: se Amedeo è innocente, come sostengono i suoi vicini nel palazzo, allora perché non si fa vivo per difendere la sua innocenza? Gli indizi che abbiamo raccolto da fonti e testimoni hanno aumentato i nostri dubbi e ci hanno indotto a concentrarci sulla sua colpevolezza. Poco tempo dopo abbiamo scoperto che è un immigrato e che il suo vero nome è Ahmed Salmi. Come vi ho già detto, i criminali e i delinquenti sono abituati a falsificare i dati personali. Così ci siamo trovati, come inquirenti, di fronte a una doppia sfida: raccogliere le prove che confermano che Amedeo è immigrato e quelle che attestano il suo coinvolgimento nell'omicidio.

Abbiamo riflettuto a lungo sul suo nome e non abbiamo trovato il nome di Amedeo nei suoi documenti ufficiali: il passaporto, l'atto di matrimonio, il permesso di soggiorno ecc. La legge non vieta ai cittadini di cambiare nome, a condizione di lasciare i documenti ufficiali intatti. Ahmed Salmi soprannominato Amedeo non ha falsificato nessun documento. Perché è sparito? È una semplice coincidenza o una fuga dalla legge? Ci sono testimoni oculari che l'hanno visto litigare con la vittima il giorno precedente all'omicidio. Nessuno conosce i motivi. L'hanno sentito gridare alla vittima: «Ti ammazzerò se lo farai un'altra volta!». Per me l'inchiesta è conclusa. Amedeo è l'assassino, e questo lo rende un ricercato, WANTED. Spero per il suo interesse che si arrenda al più presto.

La verità: la seconda faccia

No, l'inchiesta non è conclusa e Ahmed Salmi soprannominato Amedeo non è l'omicida di Lorenzo Manfredini il Gla-

Get out!" If I had got hold of him at that moment, I would have killed him.

There's a connection between the murder, the sudden disappearance of Amedeo, and the finding of the boy's body in the elevator. We began the investigation first by looking into the disappearance, or rather the flight, of Amedeo, the accused. The question we posed is the following: if Amedeo is innocent, as his neighbors maintain, then why doesn't he show up and defend his innocence? The evidence we gathered from sources, and witnesses increased our suspicions and led us to focus on his guilt. A short time afterward we discovered that he is an immigrant and that his real name is Ahmed Salmi. As I told you, criminals and other lowlives frequently falsify personal details. So we found ourselves, as investigators, facing a double challenge: to gather evidence confirming that Amedeo is an immigrant and evidence that attests to his involvement in the murder.

We thought about his name for a long time; we didn't find the name Amedeo on his official documents: passport, marriage license, residency permit, and so forth. The law doesn't forbid citizens to change their names, on condition that they leave official documents untouched. Ahmed Salmi known as Amedeo didn't falsify any documents. Why did he disappear? Is it simply a coincidence or is he fleeing the law? There are eyewitnesses who saw him quarrel with the victim the day before the murder. No one knows why. They heard him yell at the victim, "I'll kill you if you do it again!" For me the investigation is over. Amedeo is the murderer, and this makes him a wanted man. I hope for his sake that he surrenders as soon as possible.

The Truth: The Second Face

No, the investigation is not over, and Ahmed Salmi nick-

diatore. Dopo la pubblicazione della mia intervista con la mia foto e quella di Amedeo su un quotidiano, sono stato contattato dalla dottoressa Simonetti dell'ospedale San Camillo, che mi ha chiesto di raggiungere subito l'ospedale. Sono corso e lei mi ha accompagnato al reparto rianimazione, dove ho visto Amedeo steso sul letto. La dottoressa mi ha riferito che la mattina del 21 marzo, il giorno dell'assassinio di Lorenzo Manfredini, il paziente ha avuto un incidente mentre attraversava una strada vicina al Colosseo ed è stato trasportato d'urgenza all'ospedale. Ahmed Salmi è tuttora in stato d'incoscienza, avendo riportato un grave trauma cerebrale a causa del quale potrebbe perdere la memoria. Le ho chiesto a che ora si è verificato l'incidente, e risulta che l'ambulanza è giunta sul posto intorno alle 8.30. Quindi l'incidente dev'essere accaduto circa dieci minuti prima. Amedeo dunque non è l'assassino, perché il medico legale ha detto che il crimine è avvenuto dopo le ore 13.00. Inoltre i testimoni oculari hanno confermato di aver visto il Manfredini quella mattina tra le 9.00 e le 12.00. Quindi non c'è il minimo dubbio: Ahmed Salmi detto Amedeo è innocente.

Dopodiché abbiamo riesaminato le indagini fin lì svolte, lasciando da parte la domanda "Chi è Amedeo?" per concentrarsi invece su chi fosse il Gladiatore e che vita facesse. In poco tempo abbiamo raccolto preziose informazioni su Lorenzo Manfredini. Abbiamo scoperto, ad esempio, che era una persona odiata da tutti gli inquilini del palazzo. La notte tornava a casa ubriaco, pisciava nell'ascensore, litigava spesso con Sandro Dandini e con Antonio Marini. Inoltre ha stuprato più di una volta la colf Maria Cristina. La donna non ha osato denunciarlo per timore di essere espulsa perché non ha il permesso di soggiorno, e ha chiesto aiuto ad Amedeo, il quale non ha esitato a mettere in guardia il Manfredini e a minacciarlo. Questo è il motivo del litigio tra Amedeo e Man-

named Amedeo is not the murderer of Lorenzo Manfredini, the Gladiator. After the publication of an interview accompanied by my photograph and Amedeo's in a daily paper, I was contacted by Dr. Simonetti at San Camillo hospital, and she asked me to come immediately. I got there quickly, and she took me to the intensive care unit, where I saw Amedeo lying on a bed. The doctor reported to me that on the morning of March 21st, the day Lorenzo Manfredini was murdered, the patient was in an accident while he was crossing a street near the Coliseum, and was rushed to the hospital. Ahmed Salmi has been unconscious since then, having suffered severe brain trauma, as a result of which he may lose his memory. I asked her what time the accident happened, and it turns out that the ambulance got there around eight-thirty. So the accident must have happened about ten minutes earlier. Amedeo is not the murderer, then, because the coroner said that the crime occurred after 1 P.M. Furthermore, eyewitnesses stated that they had seen Manfredini that morning between nine and noon. So there is not the least doubt: Ahmed Salmi known as Amedeo is innocent.

After that, we reviewed the investigation up to that point, leaving aside the question "Who is Amedeo?" to concentrate instead on the Gladiator and the life he led. Within a short time we picked up valuable information about Lorenzo Manfredini. We discovered, for example, that he was hated by all the residents of the building. He came home drunk, he peed in the elevator, he often quarreled with Sandro Dandini and with Antonio Marini. Further, he more than once raped the domestic worker Maria Cristina. The woman didn't dare to report him for fear of being expelled, because she doesn't have a residency permit, and she asked Amedeo to help her; he didn't hesitate to warn Manfredini and even threaten him. This was the reason for the quarrel between Amedeo and

fredini la notte prima dell'omicidio. Chi ha ucciso Lorenzo Manfredini? L'assassino non ha lasciato nessuna traccia sul luogo del delitto, e questo ci ha indotto a ritenerlo un professionista. Non c'è dubbio che il soprannome il Gladiatore ci abbia aiutato molto nel risalire al nome del colpevole.

Abbiamo svolto delle indagini per scoprire l'origine e il segreto di questo soprannome. Lorenzo faceva scommesse organizzando combattimenti clandestini fra cani che finivano sempre con la morte di uno degli sfidanti. Ai tempi dei romani il gladiatore era un prigioniero o uno schiavo che combatteva contro un animale feroce, come un leone o una tigre, davanti a migliaia di spettatori al Colosseo. Lorenzo e i suoi compagni avevano inventato un nuovo gioco di morte. Vi ricordate la scomparsa del cagnolino Valentino alcune settimane prima del delitto? Lorenzo era il responsabile di questa operazione. Dopo lunghe ricerche Elisabetta Fabiani era riuscita a scoprire l'autore del rapimento del suo Valentino, e dunque ha deciso di vendicarsi duramente una volta avuto la certezza delle orribili torture inflitte al cagnolino prima di morire.

Ha messo a punto un piano molto efficace, sfruttando i segreti dei serial polizieschi che seguiva quotidianamente alla tv. Ha scelto l'ascensore, perché è al centro dei conflitti tra gli inquilini del palazzo. Poi, per allontanare i sospetti, ha utilizzato un coltello, perché è considerato un'arma tipicamente maschile. Quindi ha cominciato ad aggirarsi a piedi nudi per piazza Vittorio, per dimostrare a tutti che stava impazzendo a causa della disperazione per il suo caro cane rapito. È riuscita a realizzare il suo piano con grande maestria, senza lasciare apparentemente nessuna traccia. L'unico errore che ha commesso è stato non disfarsi dell'arma del delitto, che custodiva come un vero trofeo. Infatti dopo lunghe ricerche abbiamo rinvenuto il coltello, sul quale erano rimaste alcune tracce di sangue della vittima. La donna ha voluto conservare

Manfredini the night before the murder. Who killed Lorenzo Manfredini? The murderer left no trace at the scene of the crime, and this led us to consider him a professional. Then, there is no doubt that the nickname Gladiator helped us greatly in coming up with the guilty party's name.

We made inquiries about the origin of this nickname. It seems that Lorenzo took bets, organizing clandestine dog fights that always ended with the death of one of the contestants. In the time of the Romans, the gladiator was a prisoner or slave who fought against a wild beast, a lion or tiger, in front of thousands of spectators in the Coliseum. Lorenzo and his companions had invented a new game of death. You remember the disappearance of the dog Valentino a few weeks before the crime? Lorenzo was responsible for this operation. After exhaustive inquiries, Elisabetta Fabiani succeeded in finding out the perpetrator of the theft of her Valentino, and so, once she had ascertained the horrible torture inflicted on her dog before his death, she decided to take a cruel revenge.

She came up with an extremely effective plan, making use of information gleaned from the police shows that she watched on TV every day. She chose the elevator, because it's at the center of the conflicts among the building's residents. Then, to avoid suspicion, she used a knife, because it's considered a typically male weapon. And then she began to wander barefoot around Piazza Vittorio to indicate that she was going mad out of desperation because of the kidnapping of her beloved dog. She managed to carry out her plan with great mastery, apparently leaving no trace. The only mistake she made was not to get rid of the murder weapon, which she kept as a trophy. After a lengthy search, we found the knife, on which traces of the victim's blood remained. The woman wanted to keep something to remind her that

qualcosa che le ricordasse che l'assassino di Valentino aveva avuto la punizione che meritava. O forse era sicura di aver compiuto il delitto perfetto e che quindi nessuno avrebbe mai sospettato di lei. Adesso l'inchiesta è conclusa. Elisabetta Fabiani ha ucciso Lorenzo Manfredini detto il Gladiatore.

Valentino's murderer had got the punishment he deserved. Or maybe she was so sure she had carried out the perfect crime that no one would ever suspect her. Now the investigation is over. Elisabetta Fabiani killed Lorenzo Manfredini known as the Gladiator.

Ultimo ululato
o prima che il gallo canti

Lunedì 25 novembre, ore 22.36
La verità è amara come una medicina. Bisogna berla a piccole dosi e non tutta d'un fiato, perché può causare la morte. Non è vero che la verità ferisce, che "La vèrité blesse", come dicono i francesi. La verità non ferisce, ma uccide. Mentre l'ululato è la canzone eterna di Orfeo. Auuuuuuuuuuu...

Sabato 7 dicembre, ore 22.55
Ho letto stamattina un verso di René Char: "Siamo destinati a essere solo agli inizi della verità?". Mi sono detto che bisogna sempre accompagnare la parola verità a un punto interrogativo o a uno esclamativo, o a parentesi, o virgolette, senza mai mettere un punto. Auuuuu...

Mercoledì 25 giugno, ore 22.19
Non sono nella bocca del lupo, "La gueule du loup", come dice lo scrittore algerino Kateb Yacine. Eccomi fra le braccia della lupa per farmi allattare fino a saziarmi. Auuuuu...

Domenica 16 marzo, ore 23.38
Ogni tanto mi prende il dubbio quando penso che passo per buono agli occhi di tutti. Ma che ne sanno? Amedeo potrebbe essere una semplice maschera! Io sono un selvaggio animale che non può abbandonare la sua natura

Final Wail
or Before the Rooster Crows

Monday November 25, 10:36 P.M.
The truth is bitter, like medicine. One must take it in small doses, not all in one gulp, because it can cause death. Truth doesn't wound, as the French say—"*la vérité blesse.*" The truth kills. Whereas wailing is the eternal song of Orpheus. Auuuuuuuuuuuu . . .

Saturday December 7, 10:55 P.M.
This morning I read a line by René Char: "Are we doomed to be alone at the origins of truth?" I said to myself that the word "truth" must always be accompanied by a question mark or an exclamation point or a parenthesis, or quotation marks, never a period. Auuuuu . . .

Wednesday June 25, 10:19 P.M.
I'm not in the mouth of the wolf, "*la gueule du loup,*" as the Algerian writer Kateb Yacine says. Here I am, in the wolf's arms, so that I may suckle until I'm sated. Auuuuu . . .

Sunday March 16, 11:38 P.M.
Every so often doubt seizes me when I think that I pass for good in the eyes of all. But what do they know about it? Amedeo might be simply a mask! I am a wild animal who can't abandon its primal nature. The truth is that my memory is a wild animal, just like a wolf: Auuuuuu . . .

d'origine. La verità è che la mia memoria è un animale selvaggio, proprio come un lupo: Auuuuuuuu...

Giovedì 23 aprile, ore 23.27

Sono anche Shahrazad? Shahrazad c'est moi? Lei racconta e io ululo. Entrambi sfuggiamo alla morte e ci ospita la notte. Narrare è utile? Dobbiamo raccontare per sopravvivere. Maledetta memoria! La memoria è la pietra di Sisifo. Chi sono? Ahmed o Amedeo? Ah, Bàgia! Esiste una felicità lontano dal tuo sorriso? Esiste una tranquillità fuori dalle tue braccia? Dovrebbe essere questo il momento di riposare? Fino a quando durerà l'esilio? Fino a quando durerà l'ululato? Auuuuuuuuu...

Sabato 23 marzo, ore 23.55

Insegnami, mia adorata signora, l'arte di sfuggire alla morte. Insegnami, Shahrazad, come sfuggire alla rabbia e all'odio del sultano Shahrayar. Insegnami come allontanare la spada di Shahrayar dal mio collo. Insegnami, Shahrazad, come sconfiggere lo Shahrayar che sta dentro di me. La mia memoria è Shahrayar. Auuu... La mia memoria è Shahrayar. Auuuu... La mia memoria è Shahrayar. Auuuuuuuuuuuuuuu...

Roma, 2001-2006

Thursday April 23, 11:27 P.M.

Am I also Scheherazade? *Scheherazade c'est moi*? She tells stories and I wail. We're both fleeing death, and the night takes us in. Is telling stories useful? We have to tell stories to survive. Damn memory! Memory is the rock of Sisyphus. Who am I? Ahmed or Amedeo? Ah, Bagia! Is there happiness away from your smile? Is there tranquility outside your arms? Could this be the moment of repose? How long will my exile last? How long will my wailing go on? Auuuuuuuu . . .

Saturday March 23, 11:55 P.M.

Teach me, adored lady, the art of escaping death. Teach me, Scheherazade, how to avoid the rage and hatred of the sultan Shahryar. Teach me how to keep the sword of Shahryar from my neck. Teach me, Scheherazade, how to defeat the Shahryar that is inside me. My memory is Shahryar. Auuu . . . My memory is Shahryar. Auuu . . . My memory is Shahryar. Auuuuuuuuuuuuuu . . .

Printed in the USA
CPSIA information can be obtained
at www.ICGtesting.com
JSHW022221140824
68134JS00018B/1180